魔王軍四天王の
面汚しと呼ばれた俺、
今は女勇者のお兄ちゃん

猿渡かざみ

ぶんか社

CONTENTS

プロローグ「怪蟲《かいこ》神官《しんかん》ガガルジという男」

——男の名前は大勇者ルグルス・ヘルティアという。

グランテシアの片田舎でとある農夫の息子として生を受けた彼は、自らが神より選ばれた勇者だとはきっと夢にも思っていなかったことだろう。

彼の運命を決定づけた、あの日までは。

あるよく晴れた日、突然にして彼の故郷に闖入者《ちんにゅうしゃ》が現れた。

人知れず近くの山岳地帯で力を蓄えていた、ゴブリンの群れである。

奴らは村へなだれ込み、略奪の限りを尽くした。

勇敢にもこれに抵抗した彼の父親は嬲《なぶ》り殺しに、そして絶望に打ちひしがれた彼の母親は、彼の目の前で考えうる最大限の辱めを受け、やはり嬲り殺された。

しかし皮肉にもこの出来事がきっかけとなり、彼は勇者として覚醒、ゴブリンの撃退に成功する。

人魔入り乱れた無数の屍《しかばね》の山の上で、彼の心に宿ったのは復讐の黒い炎——ではなかった。

彼の中には強い決意の光が芽生えたのだ。

力を持つ者として、勇者としての責務を全うしなくてはならない、二度とこんな悲劇を繰り返してはならない、と。

それから彼はともに戦う同志を集めた。

宮廷魔術師のニーシア。

ザガン流拳法の達人、ルリ。

そして一騎当千の騎士団長、ドラテロ。

この四人からなる勇者パーティは破竹の勢いで魔王軍の尖兵《せんぺい》をことごとく打ち倒し、とうとうロクト廃城玉座の間——すなわち魔王軍四天王の一人、剣聖マグルディカルの許《もと》へたどり着いた。

勇者たちは強かった。

彼らの力が、想いが、マグルディカルの剣を上回っていたことはもはや疑いようもない事実であり、実際、彼らはほとんどマグルディカルを打倒しかけていた。

あと一度、ルグルスが剣を振るえば、それで決着だったのだ。

しかし勝利の女神というやつは気まぐれで、残酷である。

偶然……そう、些細《ささい》な偶然の重なりが、最後の局面で盤そのものをひっくり返してしまった。

しつこいようだが、彼らは間違いなく勝てていたのだ。

俺が——魔王軍四天王の一人、怪蟲神官《かいこしんかん》ガガルジが、魔王様に依頼された仕事を片付けるため、近くに立ち寄っていなければ——。

○

「……俺は、死ぬのか」

獅子のように雄々しい男、勇者ルグルスが血の泡交じりの声で呟く。

背後には、かつて彼の仲間だった者たちがその身体《からだ》を横たえていた。

しかし、ルグルスの言葉に仲間を殺された怒りはなく、死に対する恐怖もない。

ただ穏やかに、自らの運命を受け入れているようにさえ見える。

俺はそんな彼の気高さに敬意を表して、静かに答えた。

「ああ、死ぬともさ、俺の放った蟻《アリ》――ヤタイクズシは、すでにアンタの内臓深くまで食い込んだ。万全の状態ならともかく、今のアンタにこれを防ぐ手段はない」

「あらゆる虫を操る力……怪蟲神官の名は伊達《だて》ではないということか……」

彼は一度、ふふ、と自嘲《じちょう》するように笑う。

「呆気《あっけ》ないものだ。俺は……いや、俺たちは、このまま魔王を倒せるとばかり思っていたのだが……自惚《うぬぼ》れが過ぎたな。はは、俺の悪い癖だ……」

「いいや、悪かったのは運さ。俺が来なきゃアンタらが勝ってたよ」

「毎日三回、食事の前のお祈りは欠かしてないはずなんだけどな……」

彼は冗談めかして言い、玉の汗の浮かんだその顔をくしゃりと歪《ゆが》めて笑った。

彼の体内では今も俺の虫が暴れ回り、その臓腑《ぞうふ》を食い散らかしながら心臓へと突き進んでいる。

人間にはとても耐えがたい激痛が、彼の全身を襲っているはずだ。

なのに、彼は倒れない。

強がりとはいえ、笑うことができている。

そんな彼の様子を見ていると、どうしても不思議になった。

「……アンタは」

訊《き》かずにはいられなかった。

「アンタは、どうして俺を罵《ののし》らない？」

——卑怯者の誹《そし》りを受けるのは慣れている。

俺の虫を操るという能力の特性上、戦法としてはどうしても不意打ちや奇襲などが主となる。

自らが敵と剣を交えることも、ほとんどない。

だからこそ、俺の能力で生きながら虫に食われ、もしくはその毒で全身を蝕《むしば》まれた者たちの末期《まつご》の台詞《せりふ》は決まっている。

——卑怯者《ひきょうもの》。

——おぞましい虫なんぞをよくも、俺の身体に。

——正々堂々と戦え、この臆病者が。

しかし彼はそれをしない。

何故《なぜ》か、何故か。

大勇者ルグルスの答えは——。

「はは、馬鹿な、戦いに綺麗《きれい》も汚いもない。誇りとは目的に宿るものだ。大事なのはどう戦うかではなく、なんのために戦うか、そうだろう？」

「……アンタ、本物の勇者だよ」

俺は、彼の頭上へ一匹の天色《あまいろ》の蝶《チョウ》を飛ばした。

蝶ははばたくたび、光り輝く鱗粉《りんぷん》を彼の元へ降り注がせる。

「……この蝶は？」

「深く息を吸え、その蝶の鱗粉は痛みを麻痺させる。せめてもの手向《たむ》けだ」

「はは……お前、そんなおっかない、見た目してるのに……。案外……優しいん……だな……」

「……じゃあな、大勇者ルグルス・ヘルティア」

どさり、と彼の身体が崩れ落ちる。

とうとうヤタイクズシのあぎとが心臓を食い破ったのだ。

これにて勇者パーティは全滅……。決着はついた、その時である。

「ふふ、やっと死んだか、薄汚い勇者どもめ……！」

背後から憎しみを押し殺すような男の声。

振り返れば、そこには虫の息の剣聖マグルディカルの姿がある。

自慢の地面に引きずるほど長い黒髪は、自らの血で固まって、見るも無残な有様だ。

彼は自らの痩躯《そうく》を怒りにわななかせながらルグルスの元へ歩み寄って行くと、剣を高く掲げ――、

「お、おいマグルディカル、お前まさか――！」

ズン、と鈍い音と共にルグルスの亡骸《なきがら》から首が断たれた。

「……ひは、ひはは！　ああ！　スゥーッとする！　下等な人間の分際でよくもボクの身体に傷を
……！」

「やめろマグルディカル！　もう死んでるんだぞ!?」

慌てて止めに入ろうとすると、マグルディカルがぐりんとこちらへ振り向いた。

彼の目は据わっていた。

「ふぅー……ボクを助けてやったとか、そういう気持ち悪い勘違いをするなよガガルジ」

「……どういう意味だ」

「ボクはこんな奴ら、一人でも勝てたんだと言っている！　キミはただ勝負の邪魔をしただけだ！」

「……ああ、そうかい！　それは悪いことをしちまったな！　もう神に誓ってこんな真似《まね》は……」

そこまで言ったところで言葉を遮《さえぎ》られた。

突然、マグルディカルが俺の喉元に剣の切っ先を突きつけてきたのだ。

「――発言に気をつけろガガルジ。その神になんとかってのは禁句だ。昔の〝恥〟を思い出して、衝動的に口にした相手を殺しそうになる」

「……はっ、そりゃ難儀な性格だな。いい解消方法を教えてやるよ。枕に顔をうずめて叫びまくってろ、一人でな」

「いいか、一度だけ言ってやる」

マグルディカルがずいと顔を寄せてくる。

整った顔立ちは悪鬼のように醜《みにく》く歪んでいる。

「ボクはこの世の何よりも〝恥〟が嫌いなんだ。だからあまり舐《な》めた口をきくな恥知らずの虫野郎。四天王の面汚しめ」

恥知らずの虫野郎。四天王の面汚し。

あまりにも耳慣れた罵倒の言葉に、失笑が漏れた。

「それだけ元気なら心配もないな。急ぐから帰ってもいいか？　俺はこれから魔王様に勇者パーティの討伐報告をしなくちゃならん」

「ああ、ちゃんと伝えておけよ。薄汚い勇者パーティは剣聖マグルディィカル様がぶっ殺したって」

「……覚えてたらな」

マグルディィカルの剣を手で払い、俺は踵《きびす》を返す。

まったく、虫唾《むしず》が走るとはこのことだ。

最後に勇者たちの亡骸を一瞥《いちべつ》して、俺はその場を後にした。

〇

「大勇者ルグルスが死んだか」

魔王城、玉座の間。

俺の報告を受ける前に、魔王ギルティィア様は言った。

「彼奴《きやつ》ら……特にルグルスは、今までの勇者とは明らかに格が違った。放っておけば必ずや我が最大の脅威となったであろう。大儀であったなガガルジ」

「倒したのはマグルディィカルですよ」

「そうか、ではそういうことにしておこう」

薄衣《うすぎぬ》を一枚隔てた向こう側で、ギルティア様が鷹揚《おうよう》に頷《うなず》く。

ただそこにいるだけなのに凄まじいオーラだ。

びりびりと肌が痺れるのを感じる。

ああ、彼女は一体――。

「……どうして今日はそんなにも偉ぶってるんです？」

「実際偉いからに決まっておろーがぁ！」

先ほどまでの威厳に満ちた声音《こわね》から一転、どこか間の抜けたような少女の声が響く。

それと同時に薄衣が引かれ、魔王様の御身《おんみ》が白日の下へ晒《さら》される。

彼女は、魔王ギルティアは――玉座に寝そべってナッツをつまんでいた。

外見は一見すれば人間の少女だが、側頭部から生えた二本のねじくれた角が、かろうじて魔族であることを主張している。

「なんじゃいなんじゃーい、たまーにちょっと魔王っぽく振る舞えばすぐにケチをつけおる。お前はアレじゃな、子どものやる気を削ぐタイプの父親になるぞ」

「当面はその予定もないんで……。というか他の部下には絶対見られないようにしてくださいね、それ」

「当たり前じゃ！　こんな情けない姿、他の奴らに見せられるか！」

などと言いながらナッツをコリコリ噛《か》み砕く魔王様。

情けない姿という自覚はあるのか。

そしてなんで俺にならなら見せてもいいという理屈になるんだ。

「そりゃあ、お主とは長い付き合いじゃからの。四六時中この布切れで素顔を隠しながら威厳を保つのは大変なんじゃ」

「今部下たちの間では〝魔王様イケメン説〟と〝魔王様老人説〟の二大勢力が争ってますよ」

「え？　美少女説は？」

「ありません」

「まじか……」

「ちなみに老人説の方が優勢です」

「まじか……」

ギルティア様は露骨にショックを受けた様子で、コリコリとナッツを噛み砕いている。

信じがたいことにこれが俺たちの主である魔王様だ。

角の生えた幼女――もとい魔王様は、ふうう、と一つ深い溜息《ためいき》を吐《つ》いて。

「……まあ、それはともかくとして、よくやってくれたよ実際。マグルディカルの窮地を救い、勇者パーティを倒した」

「倒したのはマグルディカルですけど」

「失敬失敬、そうじゃったな」

「しかし勇者が死んだということは……」

「次の勇者が生まれるということじゃの」

ギルティア様が真剣な眼差《まなざ》しをこちらへ向けてくる。

――勇者とはいえ、万能ではない。

今回のように力ある魔族の手にかかることもあれば、自らが勇者に選ばれたのだと気付く間もなく、人間同士のいざこざに巻き込まれて死んでしまうことも往々にして、ある。

そんな時、勇者という責務はどこぞの誰かに託される。

このようにして我々魔族は、気の遠くなるほどの長い間、勇者たちと戦い続けてきたのだ。

「勇者として選ばれた人間は、成長すれば必ず俺たち魔族を脅かす存在となる……前々回の勇者シルファの時のように、勇者として覚醒する前に見つけ出せれば良いのですが」

「そのことなんじゃが」

「何か問題でも」

「実は、次なる勇者を捕捉することに成功したのじゃ」

「……なんですって？」

なんの冗談かと思った。

しかし、ギルティア様の表情はいたって真剣である。

「いくらなんでも早すぎませんか？　前勇者ルグルスが倒れて四日……。今回の勇者はまだ生まれたばかりの赤ん坊のはずだ、見つけようがない」

「長年の研究の成果はあったというわけじゃな」

「研究？　一体なんの話を……」

「実は、勇者という役割がどのようにして次なる勇者へと譲渡されるのか、その仕組みを僅《わず》かながら解き明かすことに成功した」

「そんな馬鹿な!?」

勇者システムの仕組みを解析した、だって？

歴代の魔王たちがついぞ解くことのできなかった永遠の謎を、彼女が解き明かしたというのか？

魂の在り方、上位存在の意思、それはすなわち神の領域へと踏み込む行為だ。

「まぁまだその尻尾を掴《つか》んだという程度の話じゃ……。しかし次の勇者は、間違いない」

彼女はおもむろに一枚の古びた地図を取り出し、ある一点に印をつける。

それは魔王城から見て北北西に位置する、遠く離れた辺境の地――。

「ラカムの村、ここに生まれるアルシーナという名の赤子。それが次の勇者じゃ」

「なんと……！」

俺は思わず言葉を失ってしまった。

なんせ彼女は、生まれてさえいない赤子が次の勇者であると断言したのだ。

これがもし本当だとすれば、前代未聞の出来事である。

「や、やはり殺すんですか？」

我ながら、馬鹿なことを訊いている。

当然、殺すに決まっているだろう。

不穏分子は、無力な芽の内に摘み取るに――。

「はぁ？　な――にを馬鹿なことを言っておるんじゃ。殺すわけがなかろう、勿体《もったい》ない」

しかし、彼女の反応は予想とはだいぶ違った。

「いいか？」

彼女はナッツをつまむ指をこちらへ突き付けて言う。

「この赤子を殺したところでどうなる？　すぐに次の勇者が生まれるだけじゃ。加えて次も特定できるとは限らないのじゃぞ」

「それはごもっとも……しかし、だからといって、どうするおつもりで？」

「決まっておる、保護するんじゃ」

……彼女が何を言わんとしているのか分からない。

勇者を保護？　遠からず俺たち魔族の脅威となる存在を、保護？

「もう少し分かりやすくお願いできますか」

「鈍いのう、いいか？　勇者は赤子、まだ何も知らぬ、とくれば……使い道は色々あるではないか」

「……まさか！」

そこまで言われて、俺はようやく彼女の意図を理解した。

「勇者を洗脳して、仲間に引き込むつもりですか!?」

「かっかっか、それができれば御の字じゃがなぁ」

ギルティア様は満足げにナッツを噛み砕く。

狭めた瞼《まぶた》の中に覗《のぞ》く瞳の中には、確かに魔王らしい黒々とした漆黒が渦を巻いていた。

「まぁそこまで上手《うま》くいくとは思っておらん。例えばあえて勇者として覚醒させ……瞬間！　衆目の中でむごたらしく殺し、魔王軍の恐ろしさを人間どもに知らしめる！　……方法は色々あるさな」

「なるほど、それは確かに素晴らしい案です！　……が、一つ問題があります」

「なんじゃ？」

「その、洗脳したり、覚醒するよう仕向けたりと裏から色々と手を回す面倒な役回りを、一体誰が？」

「やっぱり鈍いのう、お主」

そう言って、彼女はスッとこちらを指す。

俺は咄嗟《とっさ》に周囲を見回した。

しかしながら、ここにいるのは魔王様と俺の二人だけで……。

「俺ェ!?」

「理解してくれたようで何よりじゃ。では怪蟲神官ガガルジよ、急ぎラカムの村へと出向き、次なる勇者アルシーナと接触するのじゃ」

「いえ、無理無理無理無理！　というかなんで俺なんです!?　他にいくらでも適任者はいるでしょう!?　顔の良い奴とか口の上手い奴とか……！」

「たわけ！　今回の任務は極秘、しかも決して失敗は許されないのじゃ！　となればお主以上に適任者はおらん！　ワシはお主を信頼しておるのじゃ！」

「そんな虫のいい……」

「つべこべ言うなぼけなす！」

「いだっ⁉」

ビシッ、と額に衝撃。

どうやらナッツを弾き飛ばしてきたらしい。

食べ物で、遊ぶな……！

うずくまって痛みに悶《もだ》えていると、ギルティア様は俺の前に立ちはだかって、声高に命令した。

「手段は問わん！　友人でも恋人でも、なんでも構わん、アルシーナに近付け！　そして我ら魔王軍にとって最も益のある方向へ誘導するのだ！　任務が終わるまで帰ることは許さん！　以上！」

理不尽すぎる！

二発目のナッツは食らいたくはないので、俺は心の中だけで叫んだ。

○

さて、魔王ギルティアと四天王の一人ガガルジの密談の最中。

玉座の間に続く巨大な扉の前で、がりがりと手指の爪を噛む男の姿があった。

「極秘の任務だって……？　あの薄汚い虫野郎が何故、魔王様から直接……」

その男――マグルディカルは、嫉妬に濁った眼へ妖《あや》しい光を灯《とも》す。

手指の爪はすっかり剥《は》ぎ取られ、鮮血が滴っていた。

しかし、彼はそんなものまるで気にした様子もなく、きひっ、と狂気じみた笑みを浮かべていた。

「でも都合がいい……。汚点は速やかに始末しなきゃな……。ボクが清々《すがすが》しい朝を迎えるためには過去の〝恥〟なんて許しちゃならないんだ……」

第一章「勇者一家との邂逅《かいこう》」

「面倒なことになったな……」

俺こと怪蟲神官ガガルジは、ふううぅぅ……と、向こう数百年分の幸せが逃げ出しそうな特大の溜息を吐き出した。

吐き出した白く細い息は、いっそ嫌味なぐらい青い空へ上っていく。

ここはラカムの村へ続くうら寂しい街道の、その道中である。

なんでもこの辺りはたいへんに雪深い地方であるらしい。

もう春だというのに、ところどころに泥をかぶった冬の残滓《ざんし》が見受けられる。

寒いのは苦手だ。虫たちが冬眠するからな。

「勇者と接触しろだなんて簡単に言うけど……どうすりゃいいんだよ」

とぼとぼと歩きながら、溜息交じりに独りごちた。

魔王ギルティア様から命を受けたのは今から二か月ほど前のこと。

しかし、未だ妙案を思い付けずにいる。

人間社会に紛れ込むこと自体は、まぁできないこともない。

なんせ俺は元人間だ。

無数の虫を身体に宿してはいるものの、見てくれだけなら人間の青年とほとんど変わりない。

人間社会の道理だって、まだかろうじて覚えている。

しかし、ある特定の人物に接触するとなれば、話は別だ。

(ラカムは小さな田舎村だ。その中に転がり込むとなれば、どういう形が一番自然だろうか……)

小さな村に余所者《よそもの》が紛れ込めば必然、警戒されてしまう。

無難なのは旅商人、宣教師、あとは旅芸人……?

しかしこれでは同じ村にあまり長く居座れば、不自然に思われてしまう。

それに、そういった役回りでは勇者アルシーナへ近付くにも限度がある。向こうは赤ん坊なのだ。

わしわしわし、と頭を掻《か》いた。

ああ面倒、面倒だ。

やっぱり一番都合がいいのはアレか……。

俺は懐から極小の香炉《こうろ》を取り出し、魔法で火をくべた。これは俺が虫を操る時に用いる、特殊な香炉だ。

白煙とともに不思議な香りが立ち上り、俺の身体を包み込んで……。

「散ってくれ、皆」

俺の言葉を合図に全身を覆う甲冑《かっちゅう》が――否、身体そのものがざわりと波打ち、途端に俺の身体が崩れ始めた。

正確には俺という像を形作る無数の虫たちが、方々へ散っていったのだ。

気の弱い者が見れば、きっとその場で卒倒してしまうような光景だろう。

蜘蛛の子を散らすの言葉通り、虫たちは思い思いの方向へと散らばっていって、そして後には
――少年の姿となった俺だけが残った。

「こんなものだろう」

俺は香炉の火を消して、再び懐へしまい込む。

それから近くの水たまりを覗き込んで、自らの姿を確かめた。

ふんわりとした栗色の髪の毛、利発そうな顔立ちに、虫も殺さなそうな優しい瞳。思わずふふん
と鼻を鳴らす。

「人間でいえば五歳ぐらいってところか、なかなか美少年じゃないか？」

自画自賛である。

人間の子どもに化けるのは、何かと都合がいい。

なんせ訊かれて都合の悪いことは「子どもだから分かりません」でしらばっくれられる。

それに良識ある大人ならば、まさかこんな年端のいかない子どもを疑うような真似はしないはず。

あとは親に捨てられたとか適当な理由をこじつけて、村へ転がり込めばいい。

完璧だな。

「しかしこんないかにも育ちの良さそうな、小綺麗な子どもが一人ってのは少し不自然だ……。泥
でもかぶっておくか」

自画自賛しつつ、念には念を入れておく。

完璧だな。

などと、半ば現実逃避じみた自画自賛を繰り返しながら、さて頭から水たまりに突っ込んでやろうとしたところ——不意に、悲鳴が聞こえた。

（……近い）

俺は泥をかぶるのをやめ、香炉へ火をくべて、白煙を身に纏《まと》う。

「行け」

そして、自らの目を一匹の蛾《ガ》に変えて空へ飛ばした。

俺は俺の身体を見下ろしつつ、さらに視点を高く、上昇させる。

——捉《とら》えた。

（山賊、か）

ここから丘を越えた前方50ｍの地点で、数人の男たちに竜車が襲われていた。

客車の中は空、御者《ぎょしゃ》は力なくうなだれており、乗り手を失った地這《じば》い竜が悲しげに御者の顔を舐めている。

竜車から少し離れた場所で、うずくまる女性が一人。おそらく悲鳴は彼女のものだ。

そしてその彼女を守るように、山賊たちを相手取る男性は、おそらく彼女の夫だろう。

男は勇敢にも護身用の剣を構えて山賊たちを牽制しているが——多勢に無勢、向こうは数えて六人である。

取り囲まれて、夫妻ともども殺されるのも時間の問題であろう。

まぁ……。

「関係ないけどな」

俺は頭上ではばたく蛾を呼び寄せて、あるべき場所へ戻らせた。

視点の高さは必然、五歳児のものに元通りだ。

俺の任務はあくまでラカムの村へ潜り込み、勇者アルシーナと接触すること。

人間同士のいざこざなど知ったことではない。

「とはいえ巻き込まれるのも面倒だな。迂回《うかい》しよう」

さて、どのように回り込んだものかと思案した、その時だ。

――この子だけは……アルシーナだけは、見逃してください！

……さて、これは運が良かったのか、悪かったのか。

丘の向こうから聞こえてくる女性の必死の懇願《こんがん》の中には、間違いなく目当ての名があった。

確かに、上空から向こうの様子を見やった時、うずくまる女性の腕の中には赤ん坊のような黒い影があったが、このままだと……。

「――いや最悪だ！　勇者が殺されちまったら、俺まで魔王様に殺されちまうだろうが！」

俺は慌てて香炉を振りかざし、白煙に身を包む。

虫たちが興奮したようにざわめき、全身が波打った。

○

アルシーナの父、グルカスは名うての戦士であった。

もちろんラカムのような田舎村にいっぱしの兵を訓練する施設はないため、生まれつき天から授かった彼の才能によるものである。

幼くして斧《おの》でゴブリンを狩り、十七の頃には数人の仲間と結託して3m級のワイルド・ボアを仕留めたことさえあった。

一対一の力比べで彼に敵《かな》う者は、少なくともラカムにはいない。

そんな彼ではあったが――しかし、今回ばかりは分が悪かったと言わざるを得ないだろう。

「くそっ……！」

バギィンと、激しい金属音を打ち鳴らして護身用の銅剣が叩きつけられる。

波打つ黒髪を後ろで束ねた山賊の一人は、一瞬よろけたが、すぐに体勢を立て直して下卑《げび》た笑みを浮かべた。

グルカスの表情は命を賭す者のそれだが――彼らは違う。

その眼は、さながら小虫をいたぶる少年たちのように、嗜虐心《しぎゃくしん》に満ちている。

「剣がよォ」

黒髪を束ねた男――彼らのリーダーらしき男が、にちゃりと口元を歪めた。

「蠅《ハエ》が止まりそうな剣だ。だいぶ息も上がってきたんじゃあねえのかぁ？」

「お前らのような卑劣漢《ひれっかん》と一緒にするな」

グルカスはにやりと不敵な笑みを浮かべ、自らの力こぶをパシンと叩いた。

「――こちとら村一番の力自慢よ、鍛え方が違うぜ」

グルカスは白い歯を覗かせて言うが、強がりだ。

限界が近付いている。得意の軽口にもいつものキレがない。

それも当然、なんせ相手は六人、しかも山賊――殺しのプロである。

対してワイルド・ボア狩りのグルカスといえど、殺人の経験はない。

そもそもの経験値が、覚悟が違いすぎる。

加えて、

(問題は、後ろに控えているあの男だ)

グルカスはちらと山賊たちの後方、岩の一つに腰かける仮面の男を見やった。

彼は戦闘に参加しようとせず、仮面に開いた二つの穴から、ただ無感動にこちらを眺めている。

明らかに異質。おそらくは山賊どもの雇った用心棒か何かだろう。

(用心深いことだな……。山賊だけならかろうじてクロエの逃げる時間ぐらいは稼げたかもしれないが……いや、どちらにせよもう無理か)

グルカスは山賊たちの一挙一投足に警戒しながら、妻子を一瞥した。

妻クロエは恐慌状態にあり、腕の中の赤ん坊を抱きしめてうずくまるばかりで、到底逃げ出せるような状態ではない。

彼女は生来臆病な気質で、それも当然と思えた。

状況はきわめて絶望的である。

「別によ、取って食おうってわけじゃねえんだ」

黒髪の男が、生理的嫌悪を催《もよお》す粘っこい口調で言った。

「ちいとばかし早い子離れだと思えばいいじゃねえか。アンタも奥さんも、それからそこの娘さんも、みーんな別のところで暮らすだけだ。アンタは奴隷、奥さんは娼婦《しょうふ》、赤ん坊は……うへ、何に使われるかは、知らねえけどよ」

見え透いた挑発だ、とグルカスは堪《こら》える。

「あいにく、ウチの娘を嫁に出すつもりはないんでね。家内もそうさ。俺は嫉妬深い」

「へっへっへ、束縛は嫌われるぜパパさんよォ」

山賊たちの下卑た笑い声。

おそらく、彼らもまた長年の勘で確信しているのだ。

もはやグルカスにはただの一太刀、受け切る余力すら残っていないことを。

「もうやめてグルカス！」

彼がギリギリのところで踏みとどまっていることは妻のクロエにも伝わっていたのだろう、彼女は涙ながらに訴えた。

「ごめんなさい山賊の皆さん……！　私たちはお金になるものなんて持っていません！　赤ん坊だってまだ生まれてひと月なんです！　見逃してください……！　私ならなんでもしますから……！」

「おォ？」

山賊たちが再び口元を歪めて、舐めるような視線をクロエへ向ける。

クロエは自らの意思と関係なく震え出す身体を無理やり押さえつけて、気丈にも彼らを見返した。

「なんでも」

「なんでもだってよォ」

「そそられるよなァ、人妻っていうのは、いつの時代も……」

クロエの細身に山賊たちの視線が集中する。

その時であった。

「うぉらあっ!!」

一瞬の隙を突いて、グルカスは獣のごとき咆哮《ほうこう》とともに最後の力を振り絞り、銅剣を投げ放ったのだ。

勢いよく投げ放たれた銅剣は風を切り、黒髪の男の横っ面に――、

「おっと」

しかし男はすんでのところで身を退《ひ》いて、銅剣を躱《かわ》した。

銅剣は空を切り、男の背後へと消えてゆく。

「ハズレェ。危ねえなパパさんよ、子どもの前で刃物投げるなんて教育に悪いぜ、へひひ……」

最後の力を振り絞った攻撃さえいとも容易《たやす》く躱され、それどころか武器も失った。

山賊たちはグルカスの絶望に満ちた表情を期待して彼に向き直る――が。

何故か、グルカスは笑っていた。笑いながら言った。

「……言っただろ、俺は嫉妬深いんだ。なんでもしますなんて俺だって言わせたことねえんだぞ。

あと躱してくれてありがとよ」

「は……？」

――直後、ぶもおおおおおおおっ！　と大地すら揺るがす本物の獣の咆哮。

山賊たちはびくりと肩を震わせて、何事か、と咄嗟に辺りを見回した。

咆哮の主は地這い竜であった。

後ろ脚に深々と銅剣を食い込ませた地這い竜の、悲痛な叫びが響く。

「や、野郎!?　まさか最初から地這い竜を狙って……！」

気付いた時には、もう遅い。

本来温厚な性格の地這い竜だが、腐っても竜のはしくれ。

その巨体をもって暴れ出したとなれば、山賊の五人や十人、ものの数ではないのだ。

「や、やべえ完全に興奮してやがる！」

「潰されるぞ！　早く離れ……ぶぅっ!?」

グルカスの狙い通り、痛みに耐えかねた地這い竜が暴れ出し、近くにいた山賊たちに襲い掛かる。

地這い竜の暴走に、山賊たちは為すすべなく踏みしだかれ、蹴り飛ばされ、一方的に蹂躙《じゅうりん》されるだけだ。

「クロエ！　今の内だ！　逃げるぞ！」

「あ、あなた……！　で、でも腰が……抜けちゃって……！」

「悪い！　お姫様抱っこをするには少し疲れすぎた！　せめてエスコートしてやるよ！」

グルカスはクロエに肩を貸して、やっとのこと助け起こす。

後はこの混乱に乗じて逃げ出すだけ——のはずだったのだが。

「——万事問題はない」

おもむろに聞こえる男の声。

見ると、ついぞ一度も戦闘に参加しなかった仮面の男が、いつの間にか荒れ狂う地這い竜の前に立ちはだかっているではないか。

(なんだあの男⁉ 自殺行為だ！ 100kg200kgの話じゃないんだぞ⁉ どうやったって地這い竜の巨体は止められない！)

グルカスの思考が巡る。

ローブの男は微動だにせず、いよいよ地這い竜はその前脚を振り上げて——しかしその脚は振り下ろされなかった。

何故ならば、地這い竜が殴り飛ばされてしまったからだ。

仮面の男にではない。まるで彼を守るように突如として現れた大男によって。

「なっ⁉」

バガァンッ！　と凄まじい衝撃音。

殴り飛ばされた地這い竜は土埃《つちぼこり》をあげながら地面を滑り、やがて勢いをなくして止まると、そのままピクリとも動かなくなった。

信じがたいことに、地這い竜は死んでいた。

グルカスはその非現実的な光景に、思わず言葉を失う。

あの大男、素手で地這い竜を殴り殺したのか？　それもただの一撃で？

しかもあの巨体、さっきまでの山賊たちが子どもに思えるほどだ。

一体どこに隠れて……と、そこまで考えたところで思い至る。

そうだ、あの仮面の男が腰かけていた大岩――あれは岩ではない、うずくまったあの大男の背中だったのだ、と。

いや、それよりも驚くべきことが一つ。

どうしてあの大男は先の衝撃で拳が裂け、手の甲から折れた骨が飛び出しているというのに、悲鳴の一つすらあげないのだ？

「――それはもちろん、彼がすでに死んでいるからだよ」

「っ⁉」

前方から声。

突然の出来事に思わず飛びのくと、一体いつの間に移動したのか、行く手に例の仮面男が立ちはだかっている。

仮面にぽっかりと開いた二つの深く黒い穴が、まるで奈落にでも通じているかのように、男の感情は読めない。

「あ、あなた……！」

男の危険性を感じ取ったのか、クロエはグルカスへ縋《すが》りつく。

グルカスも、本当のことを言えば内心震えていた。

――この男、何か分からんがヤバい、格が違う。山賊などとは比べ物にならない。

「……なぞなぞか何かかい？　残念ながら俺は頭が悪い、その言葉のままの意味で捉えちまうぜ」

「抜け目のない男だ。軽口を叩きながら隙を窺《うかが》っている。いいぞいいぞ……よし」

仮面の男が、例の大男を呼び寄せる。

そこで初めてグルカスたちは大男の顔を正面から見据え、そして――。

「ひっ――！！？」

クロエが悲鳴をあげ、グルカスは完全に言葉を失っていた。

何故ならば、大男の顔に生気というものがまるでなかったからだ。

血の通わない青白い肌に、焦点の定まらない眼、だらんとこぼれ出た舌。

これではまるで、本当にあの男の言った通り……。

「死人だとも。死霊術《ネクロマンス》というやつさ。私の十八番《おはこ》でね、ちなみに彼は巨人族と人間のハーフで、生前は名のある格闘家だったのだよ」

死霊術《ネクロマンス》、グルカスも話ぐらいは聞いたことがあった。

とある特殊な術式を用いて死人を動かす、禁忌の業。

ならば、目の前の男は……。

「ああ、私の自己紹介がまだだったね。私はギルゼバ、そこで伸びている彼らに雇われた死霊術師《ネクロマンサー》さ。ランクはＣ」

「Cランク……！」

ギルドに所属していないグルカスはランクというものを持たない。

しかし、もし彼の実力をランクに当てはめようとするのなら、最下級のFランク、良くてEランクが妥当だろう。

ランク一つの差でも力量に相当の開きがあるとされているのに、よりにもよって二つ以上もランクが違う。

勝ちの目など、ただの一つだってありはしない。

「私は自分で言うのもなんだが几帳面《きちょうめん》な性格でね、なんでもしっかり揃えないと気が済まない。例えば上下巻のある魔導書があるとすれば、たとえ必要なくとも両方揃えたい。そういう男だ」

仮面の男が、ゆっくりとこちらへ歩み寄ってくる。

なんのことはない、ただ歩いているだけだ。

しかしグルカスとクロエは、さながら金縛りにでもあったかのように動けない。

「で、私は君が欲しくなった。正確には君の死体がね。そうなると三つ、きっちり揃えてコレクションしたい。たとえ不要だとしても……万事問題なし、だ」

「クロエ、逃げっ……」

「逃がさんよ――」

仮面の男がパチィンと指を鳴らし、大男がその岩石じみた拳を振り上げる。

死が、確実な死の予感が、グルカスたちの頭の中を駆け抜けた。

「さあ、終わりだ……！」

男が仮面の内で、にたりと笑う。

――その時、不意に一匹の小さな蝿がブブブ、と羽音を鳴らしながら飛び回って、やがて男の仮面にとりついた。

「だぁいっ!?」

ギルゼバが奇声をあげて仰け反る。

蝿は、ブブブ、と羽音を鳴らして離れ、再び男の周りを飛び回り始めた。

「な、なんだ、蝿!?　クソ！　私は潔癖症なんだ！　汚らわしい！　この虫畜生《むしちくしょう》が！」

二匹に増えた蝿が、再度仮面に取り付いた。

ギルゼバは「だぁいっ!!」と奇声をあげて仰け反る。

「また蝿だ！　畜生が！　ボケ！　お前か!?　あれだけ防腐処理を施してやったのに、まだ一丁前に腐りやがるのか!?」

ぽかんと呆《ほう》けるグルカス夫妻を尻目に、仮面の男――ギルゼバは大男に詰め寄る。

当然ながら、大男は拳を振り上げたまま、ぼけーっと中空を見つめるだけで答えない。

これに答えたのは――、

「――良かったな、蝿に好かれたらしい」

背後からの声であった。

「何者だ!?」

ギルゼバが振り返る。

グルカスも、クロエも振り返った。

そして——丘の上に彼の姿を認めた。

手の甲に二匹の蠅を乗せた、少年の姿を。

「蠅どもが言うには、その仮面の内側から大好きな腐ったゴミ山の臭いがするんだとさ、ギルなんとかさん」

栗色の髪をした彼は、とても少年のものとは思えぬ、妖しい微笑を浮かべた。

○

「やれ打つな、蠅が手を擦《す》る足を擦る——」

俺は自らの手の甲で前足を擦り合わせる二匹の蠅を見やって、どこかで耳にした詩を口ずさむ。

なんでもこの詩は、蠅が前足を擦り合わせる様が人間に命乞いをしているように見えることから作られた詩らしいが……。

うむ、これほどユーモアに富んだ者がいるならば、人間もなかなか捨てたものではない。

「こ、子ども……？」

赤ん坊を抱えた女が呟《つぶや》く。

夫である男ともども、状況がうまく呑《の》み込めていないようであった。

そんな中、いよいよ耐え切れなくなったかのように、仮面の死霊術師《ネクロマンサー》、ギルゼバが噴き出した。

「いやはや、何かと思えば……迷い込んだか？　なんと間の悪い……不幸な子どもだ」

ギルゼバがこちらへ向き直り、ゆっくりと歩き出した。

まるで退屈な作品を鑑賞する偉ぶった評論家のように、後ろ手を組みながら、ゆっくり、ゆっくりと距離を詰めてくる。

ここで、我に返ったアルシーナ母が叫ぶ。

「――に、逃げてぇっ!!　殺されてしまうわ!!」

普通ならば男の注意がこちらへ向いている隙に逃げ出すことを考えそうなものだが、彼女はきわめて善良な人間のようで、どこの誰とも知らない俺の身を案じてくれている。

だが、ギルゼバは俺を逃がすつもりなどなく。

そして同時に、俺も逃げ出すつもりはなかった。

とうとう俺の目の前までやって来たギルゼバが、頭上に影を落とす。

「その薄汚い蠅は、君のペットかね？」

「おま、馬鹿！　レディになんてこと言いやがる」

まったく信じがたい無神経だ。

俺は彼女らを慰めるべく「よしよし、傷ついちまったな、あいつ童貞なんだ」と後ろ翅《はね》を撫《な》でてやった。

その時、視界の端でギルゼバがきわめて不快そうな声をあげた。

「……子どもは嫌いだ。不潔で五月蠅《うるさ》くて、愚かにも身の程をわきまえない」

ギルゼバが懐から一本のナイフを取り出した。

「まさかあいつ⁉」

アルシーナ父がこれから起きる惨劇を予測して、その場を駆け出す。

しかし到底間に合わない。

「私は几帳面な性格でね、お楽しみの時間に割り込まれると、虫唾が走る」

「難儀な性格だな、そうカッカするな」

「このクソガキ——!!」

ギルゼバの構えたナイフがぎらりと輝き、俺の脳天めがけて振り下ろされた。

こちらへ駆け寄るアルシーナ父の表情が強張《こわば》る。

アルシーナ母が悲鳴をあげ、目を伏せる。

そんな中、俺は——、

「だからカッカするなと言ったんだ」

瞬間、ドムン！　と鈍い音が響き渡った。

まるで土嚢《どのう》を思い切り地面に叩きつけたような、そんな音。

カランと軽い音とともに、ギルゼバの手から滑り落ちたナイフが地面を跳ねる。

「えっ……？」

アルシーナ父がどこか間の抜けた声をあげて、その場に立ち止まった。

位置関係からして、彼には俺とギルゼバの間に一体何が起こったのか、見えなかったのだろう。

彼に分かることといえば、そうだな。

俺は一切その場から動いていないにも拘《かか》わらず、突如ギルゼバが身体をくの字に折り曲げ、声にならない悲鳴をあげ始めたことだけだ。

「あ……がっ……!?」

ギルゼバがかすれた悲鳴をあげながら、ゆっくりと視線を下ろす。

彼の腹には、一匹の飛蝗《バッタ》がめり込んでいた。

俺は目を白黒させるギルゼバに説明してやった。

「——ムコウヅチ、という虫だ。熱に向かって突っ込む性質があり、非常に硬い外殻と高い跳躍力を持つ。まるで腹に砲弾でも食らったようだろう」

「うぶっ……!?」

「ちなみに今からお前がぶちまけようとしてるのが虫唾だ。勉強になったな」

ギルゼバは「げばあっ」と仮面の隙間から胃液をぶちまけ、崩れ落ちる。

夫妻も言葉を失っていた。

なんせ突如現れた五歳の少年が、あの恐るべき死霊術師《ネクロマンサー》に膝をつかせてしまったのだから。

「こっ……こここの、クソガキぃぃ……!?」

ギルゼバが仮面から吐瀉物《としゃぶつ》を滴らせながら、ゆらりと立ち上がる。

仮面の穴から覗く彼の瞳の中には、憎悪の黒い炎が渦巻いていた。

「ガキの分際で……この私に二度も、薄汚い虫なんぞを……!!」

「お望みなら三度でも四度でもくれてやるが」

「反吐《へど》が出るほど、低俗な、クソガキがぁっ!!」

ギルゼバが腰に提《さ》げた剣を、ずろりと引き抜く。

刃が大きく湾曲《わんきょく》した短剣——船乗りが使うような、カトラスと呼ばれる刀剣だ。

まったく、大人げない奴だ。

「じゃあ俺も」

俺は背中に手を回して、彼らに見えない位置の——背中を形作る虫たちを操り、俺の体内から一本の剣を吐き出させた。

彼らから見れば、あたかも背中に提げていた剣を抜いたように見えたことだろう。

「なっ……なんだその剣は……?」

ギルゼバが目を見張る。

俺の手に握られているのは、深紅に染まった異質の長剣であった。

その湾曲具合ときたらカトラスとは比べものにならないほど美しい曲線を描いている。

極めつけは刃の内側に無数に並んだ鋸刃《のこぎりば》。

お察しの通り、これは剣ではない。

Aランク冒険者すら挟み殺す巨大鍬形《クワガタ》、スイギュウ——その大顎《おおあご》の片割れを加工したものである。

「み、見かけ倒しだ！　そんなでかい剣が、子どもに振り回せるものかぁっ！」

ギルゼバが絶叫とともに斬《き》り掛かってくる。

俺はそんな彼の見立てを、言葉でなく太刀筋で否定した。

「よっと」

パキャアッ、と小気味の良い音が鳴り響く。

俺の振り上げた刀剣が、彼の手からカトラスを弾き飛ばした音だ。

呆然とする彼の背後で、カトラスが音もなく地面に突き刺さる。

誰もが、呆けたように言葉を失っていた。

誰もが、俺という子どもに目を奪われていた。

そんな中、俺は言う。

「……さ、次は何をする？」

「——来い!!　腐れゾンビィッ！！！」

ギルゼバが叫ぶと、これに応えるように、今までぼーっと佇《たたず》むだけだった大男が動き出した。

どすどすと地面を踏み鳴らしながら、一直線にこちらへ向かってくる。

その迫力はさながら戦車《チャリオット》だ。

「ももも、もう勘弁ならん！　貴様は、貴様はむごたらしく殺すっ！　このおぞましいゾンビで、四肢を引きちぎりぶちまけ、犬の餌にしてやる!!」

「まずい！　そこのキミ、早く逃げろ!!」

「いやぁぁっ!!」

大男が俺の前に立ちはだかり、その岩石のごとき拳を振り上げる。

「――万事！　問題はなしっ‼」

死霊術師《ネクロマンサー》ギルゼバの、勝利を確信した高笑いを聞きながら――しかし俺は一歩もそこを動かなかった。

動かずに、言った。

「ふぅ……。これで三度目だ、カッカするなと言っただろう、仮面はもう十分に温まったぞ」

「は？」

まぁ、どのみちもう遅いがな。

孵化《ふか》はすでに始まっている。

仮面の表面で、白いものがうじゃりと蠢《うごめ》いた。

動き出したそれらは思い思いに仮面の上を這いずり回り、やがて、彼が先ほど吐き出したご馳走《ちそう》にありつくべく、三つの穴を目指す。

両目と、口の穴に。

「お、おい、なんだこの白いのは……！　仮面の、内側に、もぐりこんで……ひっ、まさか、まさかこれは⁉」

ギルゼバが、全身をぶるりと震わせる。

そう、そのまさか。最初の二匹が産みつけておいたのだ。

「――畜生ぉぉぉっ！！！　おぞましいウジ虫どもが私の顔にぃぃぃっ‼」

ギルゼバはとり憑《つ》かれたように絶叫する。

即座に仮面を投げ捨て、犬のようにぶるぶると顔を振ったり、顔中を血が出るまで掻きむしったり、たいへんな騒ぎである。

「これでようやく素顔が見られたわけだが……。うむ、あまり感動はないな、平凡な顔だ」

「こぉぉ……の、く、そ、が、きぃいいいいい!!」

怒りのあまり裏返った声でギルゼバが絶叫する。

それと同時に大男が高く掲げた拳を振り下ろし、掴み上げた。

――ギルゼバの、身体を。

「なんっ……!? おい! ボケが! 私じゃあない!! あのガキだ! 殺すのはあのガキだぞ!? クソ! 放せっ……!」

ギルゼバが身をよじる。

しかし大男は相変わらず生気のない眼でギルゼバを見つめるだけ。

俺は踵を返して、彼らに背中を向ける。

「お、おいこのクソガキ! どこへ行く!? 私のゾンビに何か仕込みやがったのか!? 私をおちょくってる間に……貴様! ただのガキじゃないな!? クソ、この卑怯者め!」

卑怯者。

あまりに耳慣れたフレーズに、俺は思わず噴き出してしまう。

「……もう帰れ。命だけは取らないでおいてやる」

「ふざけるな！　私は恐るべき死霊術師《ネクロマンサー》ギルゼバだ！　誰もが私の名を呼ぶことすら恐れる！　禁忌に触れた男だ！　おぞましい死霊術《ネクロマンス》の使い手なんだ!!」

「おぞましい死霊術《ネクロマンス》、ね……」

俺は一度香炉を振りかざし、立ち上る白煙に大男の身体を舐めさせた。

これを合図に、大男がギルゼバに顔を寄せる。

そして——ばかりと口を開き、自らの体内に蠢く無数のそれを、彼の前に露《あら》わにした。

詳細を語るのは……あえてよそう。

「……どっちがおぞましい？」

返事はない。

見ると、ギルゼバは白目を剥《む》いて、ぶくぶくと泡を噴いていた。

○

五人の山賊どもは、全身打撲の者からただ気を失っていただけの者まで。

そしておぞましき死霊術師《ネクロマンサー》ギルゼバは、多大なる心的外傷《トラウマ》を負ったが、最後はきちんと尻尾を巻いて逃げ帰った。

死傷者がただの一人も出なかったのは奇跡である。

危機は、去ったのだ。

「——お怪我《けが》はありませんか、お二方」

俺はつとめて丁寧な口調で言い、グルカス夫妻の前に跪《ひざまず》いた。

咄嗟の判断で敬語を使ったのは我ながら冴《さ》えていると思ったのだが——どうしてか警戒されまくっている。

特にアルシーナ母はそれが顕著だ。

まるで得体の知れない化け物にでも対面してしまったかのように、腕の中のアルシーナを強く抱いて、決してこちらから目を離そうとしない。

……目を逸《そ》らした瞬間、噛みつかれるとでも思っているのだろうか。

おかしいな、位置関係的に、俺が虫を操ったところは見えていなかったはずなのだが……。

「……た、助けてくれて……助けてくれたんだよな？　……うん、ともかく助かった、感謝する。

俺はグルカス、こっちは妻のクロエと娘のアルシーナだ、よろしく……」

一方でさすがというかなんというか、アルシーナ父もといグルカスは肝が据わっている。

感謝の言葉とともに握手まで求めてきた。

俺は小さな手のひらでこれに応える。

「ご丁寧にありがとうございます。僕はルード——」

「——五歳です」

前もって考えていた偽名である。

「え？　ご、五歳？」

グルカスは目をぱちくりさせる。

あれ？　なんだこの反応は？

外見年齢は間違いなく人間の五歳児相当のはずだが……。

「何かおかしいですか？」

「い、いや、随分と大人びてるんだなと思って……それにとても強い。あの死霊術師《ネクロマンサー》をあっという間に倒してしまっただろう？」

「たまたま、向こうのゾンビが暴走しただけですよ。未熟な死霊術師《ネクロマンサー》で助かりました」

「……しかし、剣で勝っていたぞ？」

「向こうは死霊術師《ネクロマンサー》、剣に関しては素人です。僕は以前に少し剣を習いましたから」

「少し……？」

「はい、少し」

にっこりと微笑《ほほえ》む。

グルカスは、引きつったような笑みを返した。

クロエは相変わらず怯《おび》えるような視線をこちらへ向けてきていて、にこりともしなかった。

……彼女の不信感を解くのは難しいようだ。ひとまず後回しにしよう。

（最優先するべきは）

俺はちらとクロエの腕の中の赤ん坊を見やった。

赤ん坊――アルシーナは、小さな瞳でじっとこちらを見つめている。

（あれがアルシーナ……。やはりただの人間の赤ん坊にしか見えない……。だが）

魔王様は言った。アルシーナはいずれ勇者となる者、確実に接触せよと。

なら、この千載一遇《せんざいいちぐう》のチャンスを逃す手はない。

ここからが俺の演技力の見せどころだ。

「つかぬことをお伺いしますが……」

俺は深刻な表情を作り、尋ねる。

「ネズの村はどちらの方角か、知っていますか？」

「ネズの村……？」

グルカスは首を傾《かし》げる。

その時、それまでずっとだんまりを決め込んでいたクロエが、口を開いた。

「ねえ、ネズの村ってあれじゃない……？　ふた月前、魔王軍に滅ぼされたっていう、あの……」

「え、ああ、確かに風の噂で聞いたことはあるが……」

「そんな」

俺はあからさまにショックを受けた表情。

これを受けてグルカス、何かを察したらしく……。

「まさか、キミは……！」

——かかった。

「……ええ、その村の出身です、三か月も前、父は理由も言わず僕を村から連れ出しました。ですが、ああ、まさか滅んでいただなんて……」

「なんてこと……！」

クロエは思わず口元を押さえる。

自分たちはなんて残酷な事実を、子どもに伝えてしまったのだろうと。

だが、もちろんその反応も織り込み済み。

そもそも、ネズの村が滅んでいたことも知っていて訊いた。

魔王軍四天王の一人なのだから知っていて当然である。

「父はこれを予見していたのかもしれません……。だから僕だけでも助けようと、村を……」

「お、お父さんは？」

「三日前にモンスターに襲われて……。残された僕は父から教わった護身術で今日までなんとか生き延びてこられましたが……そんな……」

「ひどい話だ……！」

握りしめた拳をわなわなと震わせるグルカス。

俺は努めて〝モンスターに故郷を滅ぼされた挙句《あげく》、唯一の肉親を殺されるも懸命に涙を堪える健気な少年〟を演じ続けた。

——よし、いいぞ、あと一押し。

あと一押しで、アルシーナの両親の信頼を勝ち取ることができる。

そうすれば村へ潜り込むのも容易になる。アルシーナの家との関係もできる。

ははは、自分の演技力が怖い、次は舞台俳優にでもなってやろうか――！

などと考えていた矢先のことである。

「……クロエ、ちょっといいか？」

「いえ、言わなくてもいいわ。あなたのことだもの、何を言うかなんて分かっています」

グルカスとクロエが、謎のアイコンタクト。

何やら、ある種決意のようなものが宿った目で、お互いに頷き合っている。

……なんだ？　何か胸騒ぎがする。

「ルード君」

自分でつけた偽名なのに、一瞬反応が遅れた。

「は、はい、どうかしましたか？」

「一つ、提案があるんだ。聞いてもらえないかな」

「な、なんでしょう……」

がしっと両肩を掴まれ、正面から見据えられる。

グルカスのまっすぐな瞳に射止められると、虫の知らせが警鐘を鳴らした。

しかしそんなことはつゆ知らず、グルカスは言う。

「ルード君、行くところがないのなら――ウチの子にならないか？」

「えっ……はぁっ!?」

思わず素の声が出てしまい、慌てて口元を押さえる。

ちょ、ちょっと待て、ウチの子⁉

なんだそれは、そんな展開は想定していない！

確かに魔王様は俺に「勇者アルシーナと近しい関係になれ」と言った……。だが、これは親密すぎだ！

すこぶる動揺した。

俺の動揺が虫たちにまで伝わり、背中がざわりと波打ったほどだ。

悪い話ではないだろう？」

悪い話だ！　などとはとても言えやしない！

「う、嬉しい話です……。ですがグルカスさんやクロエさんに迷惑が掛かりますから……！」

「いや、ルード君が来てくれるとかえって助かるんだよ。ちょうどアルシーナの面倒を見る人がいなくて困っていたんだ」

「く、クロエさんは……？」

「クロエは生まれつき身体が弱くてな、今日も隣町の医者を訪ねに行っていたんだ。俺も日中は仕事があるからな。ベビーシッターでも雇おうかと思っていたんだが……」

グルカスは、にかりと白い歯を覗かせる。

「――ルード君が面倒を見てくれるなら安心だ！　なんてったってこんなにもしっかり者で、Cランクの死霊術師《ネクロマンサー》を倒すぐらい強いんだからな！」

がっはっは、と大袈裟《おおげさ》に笑うグルカス。

きっと俺の境遇を憐《あわ》れんで、わざとそんな風に笑い飛ばしているのだろう。

助け船を求めるつもりでクロエを見る。

彼女は――まるで聖母のような微笑をたたえていた。

ち、違う違う違う!! そんなのは望んでいない！

俺はただグルカス夫妻に口利きしてもらって、ラカムの村に滞在し、適度にアルシーナを見張る環境さえ整えられれば、それで良かったのだ！

誤算だ！ あまりにも演技が真に迫りすぎたせいで必要以上に同情を引いてしまった！

断るなら今だ！ ここはいったん出直すしかない！

「――ぐ、グルカスさん！ 僕は……！」

「おいおい、水臭いことを言うなよ！」

こちらの言葉を遮って、グルカスがその逞《たくま》しい腕を俺の肩に回してくる。

そして――、

「お父さんでいいんだよ！ これからよろしくな、お兄ちゃん！」

――決定的であった。

眩暈《めまい》がして、ぐらりと身体が傾く。

世界が横たわる。青い空が見える。

そして地面に倒れ込むその寸前、俺の視界に、クロエの腕に抱き留められた勇者アルシーナの姿が映った。

彼女は——実に呑気《のんき》なことに、俺が先ほど放った蝿の一匹を指でつついている。
ああ、クソ……。やっぱり俺の運勢は最悪だ……。

第二章「虫たちに神はいない」

「る、ルードぉぉぉ……！　すまんが薪割《まき》りを手伝ってくれ！　こ、腰を、腰をやっちまった……！」

誤算だった。

「ルード、今日は大勇者ルグルスの御伽噺《おとぎばなし》を聞かせてあげましょう、さあこっちへ来なさい」

……誤算だった。

「おおい、ルード！　晩酌《ばんしゃく》に付き合ってくれよ！　ワイルド・ボアの燻製《くんせい》もあるぞ！」

「グルカス？　ルードは子どもなのよ、お酒はまだ早いわ」

「手厳しいなぁクロエ、ま、ルードが大人になってからの楽しみにとっておくか！　あっはっは」

ルード少年は、自らの両親となってしまった両名に、ははは と愛想笑いを振りまきながら、心中で絶叫した。

――まったくもって、大誤算だ！

なぁにが大人になってからの楽しみに、だ！

少なくともお前らの数十倍は年を重ねているのだぞ、俺は！

そしてそのぬるいエールを俺に近付けるなグルカス！

俺の虫たちは発酵食品の類《たぐい》（特にエール）が大の好物なんだ！

エール臭に虫たちが興奮してしまって、身体がむずむずするだろうが――！

などとは、当然言えるはずもなく。

「ええ、僕も楽しみにしていますよ、お父さん」

俺は引きつった笑みを浮かべながら、そう答えるしかないわけだ。

俺がアルシーナ一家に転がり込んではや三週間が経とうとしていた。

何故、端折《はしょ》るのかって？

そんなの言うまでもない！　何もなかったからに決まっている！

いずれ勇者となる娘、アルシーナは未だ「だー」とか「うー」しか言わない赤ん坊であるし、一方でグルカスとクロエは、まったく驚くべき善良さでもって、どこの馬の骨とも知らない俺を受け容《い》れ、あろうことか実の子のように扱い始めてしまっている！

それはすなわち、四六時中俺がグルカスもしくはクロエの監視下にあるということだ！

これではなんのアクションも起こしようがないし、起こりようもない！

では、この三週間何をやっていたのかと言えば――ああ、信じられるか!?　子守りだ！

俺はこの三週間、クソ真面目にアルシーナのお守りをし続けていたのだ！

魔王軍四天王の一人、泣く子も黙る怪蟲神官ガガルジ様が、こともあろうに――、

「ふえっ……ふええええええ……！」

「今度はなんだ!?　腹が空いたのか？　それともおしめか!?」

――こともあろうに、泣く子をあやすために走り回っている!!

「うええええええ……ああぁ……！」

「ミルクでもない！　おしめも乾いている！　あとはなんだ⁉　何が足りない⁉」

ああでもないこうでもないと独りごちながら、彼女を抱きかかえ、部屋の中を歩き回る俺。

今まで散々卑怯者と罵られた俺でも、一応のプライドはあるのだ！

こんなのは間違っても俺の役目ではない！

しかしだからと言ってアルシーナに何かあれば——最悪死んでしまったとしたら、俺が魔王様に殺されてしまう！

「——あらルード、また先を越されちゃったわね。アルシーナの泣き声が聞こえて駆け付けると、とっくにあなたがあやし始めてるんですもの」

いつの間にかクロエが背後に立っていた。

どうやら洗濯から戻ってきたらしい。

俺は慌てて口調を作る。

「お、お帰りなさいクロエさん」

「ルード？　お母さん、でしょ」

ひくりと笑顔が引きつる。

お母さん呼びは未だに慣れない。

いかん、いかん……。

「ごめんなさい、お、お母さん……。もうお洗濯は終わったのですか？」

「ええ、今日は洗濯日和よ。もうすっかり春ね」

「それは良かったです」

「ルードもたまには外に出て遊んでもいいのよ？　友達だって欲しいでしょう？」

再び、笑顔がひくりと引きつった。

……遊んでいい、だと？

それは、なんだ。

近所の子どもらに交じって野を駆け回ったり、花を摘んだりしろと、そういう話か？

——無理に決まってるだろ！　俺はこれでも今、仕事中なんだ！

「お、お気持ちは嬉しいです。でも、僕にはアルシーナの面倒を見るという大事な役目が……」

「……ルード、よく聞いて」

こちらが語尾を濁すと、クロエはその場にしゃがみこんで、俺と目線の高さを同じにした。

ぎこちない愛想笑いをする俺、俺の腕の中でぐずるアルシーナ。

そして真剣な眼差しのクロエ……。

「いーい？　まず、あなたがいつもアルシーナの世話をしてくれているおかげで私たちはすごく助かっています」

「お、お役に立っているようで何よりです……」

「でもね、ルード。あなたも間違いなくウチの子なの、アルシーナと同じくね。だから私たちには、あなたにも子どもらしい暮らしを提供する義務があるわ」

クロエは〝義務〟の部分を強調して、更に続ける。

「――外で遊んで、友達を作りなさい」

「で、でも僕は家の中の方が……」

「だーめ、四六時中家にこもってたら病気になっちゃうでしょ。たまには外でお日様の光を浴びないと」

俺の虫たちは、暗くてじめじめしたところの方がかえって調子が良くなるのだが……。

「ともかく明日から外に出るの。それに、私にだってアルシーナを可愛がる権利があるわ」

今度は〝権利〟の部分を強調して、ふんす、とどこか誇らしげに鼻を鳴らすクロエ。

……この三週間、常々思っていたのだが、母親というのはその言葉に何か不思議なパワーを宿している。

このパワーを発揮されるともう駄目だ。

いかに論理的な反論を用意していようと、関係なしに……、

「分かり……ました……」

その言葉に従うほかなくなってしまうのだから。

「良い子ね、ルードは」

俺の頭に、あかぎれだらけの細く白い手が乗せられる。

俺は思わず顔を伏せた、肩を小刻みに震わせながら。

彼女の気遣いに感動したわけではない。かといってその手の温もりに心を安らげていたわけでもない。

――屈辱で歪んだ顔をクロエに見せるわけにはいかなかったのだ！

しかし純粋なクロエはしっかりと勘違いしてしまったらしかった。

「ルード、あなたは自慢の息子よ」

ぎりいっ、と奥歯を噛み締めた。

――ああ魔王様、これは本当に俺がやらなければならない仕事なのですか？

どうか、どうか違うと言ってください。

さもなくば私はあと数日の内に、屈辱のあまり憤死してしまうでしょう……！

いつの間にかアルシーナは、俺の腕の中ですうすうと寝息を立てていた。

〇

もしや一夜明ければ、クロエは自らの発言など綺麗さっぱり忘れてしまっているのではないか？

そんな淡い期待を抱きながら、その夜は床に就き。

アルシーナの夜泣きに叩き起こされ、床に就き、叩き起こされ――そして翌朝。

（結局家を追い出されてしまった……）

案の定といえば案の定。

朝、いつも通り働きに出るグルカスを見送って、さあアルシーナの監視に戻ろうと思ったところ、まんまとクロエに捕まってしまった。

そして問答無用で家を叩き出され、今に至る。

今日も空は、憎たらしいぐらいの晴天だ。

「妹が可愛くて仕方ないのは分かる、当然分かる」

途方に暮れる俺を見下ろして、何を勘違いしたのかグルカスが言った。

「アルシーナが生まれた時に俺は思ったね。〝ああやべえ、クロエが間違って天使を産んじまった〟——なんてさ、そんぐらい可愛い！　ウチのアルシーナは天使だ！」

まるで神様に感謝でもするかのように、両手を合わせて天に祈るグルカス。

俺はそんなヤツの横顔を見つめながら——内心ハラワタが煮えくり返るような心地であった。

天使？　天使だと⁉　違う、あれは悪魔だ！

空腹とあらば泣き、排泄《はいせつ》しては泣き、何がなくとも泣く！

朝も夜もこちらの都合も関係なしに！

「まぁ、そんな天使と離れたくない気持ちも分かる……。でも、アルシーナとばかり遊ぶのは駄目だ。同年代の友達も作らなくっちゃな」

瞬間、俺の顔に貼りついたぎこちない作り笑いが、すん、と消えた。

「いいこと言うなぁ、俺」

満足げに頷くグルカスは気付いていない。

その横顔に、殺意１００％の視線が向けられていることに。

グルカス……愚かな、本当に愚かな男だ……。

こともあろうにお前は今、子守りのことを〝遊び〟と言ったのか……？

お前は一体何度アルシーナのおしめを替えてやったことがある？

その無精髭《ぶしょうひげ》だらけの面を、赤ん坊の柔肌へ無遠慮にこすりつけ、夜ぐーすか眠るだけのそれを子守りと呼ぶのなら、まったくの見当違いだ。

グルカス……おしめの交換方法さえ知らぬ愚かな男よ……。

今は生かしておいてやるが、その時が来たら覚悟しておけ……。

「ま、ルードはしっかりしてるし、友達だってすぐできるさ！」

しかし、こちらの殺気などいざ知らず。

能天気なグルカスは最後にそれだけ言い残して、ぴいぴいと下手な口笛を吹きながら仕事へ向かっていった。

「……グルカス、今夜お前の枕元に爆音コオロギのマツリバヤシを仕込んでおいてやる……。夜中に飛び起きて俺の苦労の千分の一でも味わうがいい……」

彼の憎たらしい背中に捨て台詞を浴びせ、俺はゆっくりと歩き出した。

しかし行くアテはない。

（さて、これからどうしたものか……）

ううんと頭をひねる。

――本当に面倒なことになってしまったものだ。

俺の任務は、あくまで次なる勇者アルシーナの監視と保護。

しかし家を追い出されてしまった以上、任務の続行は不可能……。要するに手持ち無沙汰というやつである。

では、どのようにして時間を潰すか……。

(間違っても人間の子どもらに交ざって遊ぶなんて御免だ……。どこかの木陰にでも隠れて日が暮れるまで虫たちを休ませるか？　それともラカム周辺の虫たちに挨拶がてら森へ……)

などと考えていた、その矢先のことである。

「──あら、あらあらあら、こんなところで会うなんて、めずらしいじゃない、ルード」

背後から、何やら聞き覚えのある声。

瞬間、俺の表情は強張って、全身の虫たちが警鐘を鳴らす。

ああこの声は……。

「……これはこれはミュゼル嬢、ご機嫌麗しゅう」

振り返りざまに皮肉たっぷり、丁寧すぎる挨拶を返す。

しかしこちらの意図は伝わらなかったらしく、彼女はきわめて満足げに小さな胸を張って。

「ふふん、レディへのあつかいがうまいじゃない、気にいったわ」

彼女は、てとてとこちらへ歩み寄ってきて、その小さな手のひらに握り込んだ何かを差し出してくる。

……チップでもくれるのだろうか？

そう思って受け取ったら、ただの木の実であった。

「……まことに光栄でございます、ミュゼル嬢」

「うふふ、よきにはからいなさい」

彼女はシルクの扇子でも扇いでいるつもりなのか、その小さな手のひらをぱたぱたとやっている。

……実を言うと、俺が家の外へ出たのは、これが初めてではない。

俺が村へやってきてからの三週間、グルカスの仕事の手伝いや村民への挨拶回りという名目で、ちょくちょく家から連れ出されてはいたのだ。

彼女――ミュゼルもまた、その中で出会った村民の一人である。

村長の娘である彼女は、確か今年で七歳だったはず。

ゆるくカールした金髪と、透き通るような蒼《あお》い瞳。

長い睫毛《まつげ》に幼いながらもしっかりと通った鼻筋は、彼女の性格がそのまま表れているようだ。

さてその性格とは高飛車で自信家、加えてワガママ。

誰に対してもツンケンしているが、なんといっても顔がいいので同年代にたいそうモテる。

しかし当の本人は「あなたたちみたいなお子さまにきょーみないわ」とばっさり切り捨てる。

そんな彼女が、どうして事あるごとに俺に絡んでくるのかは、未だ謎である。

「ところで、こんなところで何をしているのかしら」

大人ぶりたい年頃なのだろう。

彼女は髪をふぁさりとなびかせて尋ねてくる。

いまさら言うまでもないことだろうが、俺はミュゼルが苦手である。

「……散歩、ですよ、春光《しゅんこう》が心地良かったもので」

「しゅ、しゅんこ……？」

首を傾げるミュゼル。

いかに大人ぶっていても、しょせんは七歳児である。

「と、とにかくさんぽ、ね。いいじゃない、スマートだわ」

ふぁさりと髪をなびかせて誤魔化すミュゼル。

散歩がスマートかどうかはさておき、俺は踵を返す。

「そういうことです、では……」

「ええ、どこに行くの？」

……おかしいな。

俺は今、彼女との会話を適当に切り上げて、この場を後にしようとしたのだが……。

嫌な予感がして振り返ると、背後にぴったりとミュゼルがくっついていた。

そればかりか、彼女はさも当然のように、

「あたし、お昼までには帰りたいわ、おうちに昨日ののこりのシチューがあるの」

などとのたまっている。

「……まさかついてくるおつもりで？」

「？　おかしなことを訊くのね、ついていくにきまってるじゃない」

何が決まっているのか！

いっそ怒鳴り散らして追い返してやろうとしたところ、彼女ははっと何かに気付いたようなそぶりを見せた。

……思い直してくれたのか？

一瞬そんな希望的観測が頭をよぎったが、

「ていちょーにエスコートするのね。なんてったってあたし、レディですもの」

何故か誇らしげに、その手を差し伸べてくる彼女を見たら、怒鳴る気力もすっかり失《う》せてしまった。

「……光栄ですミュゼル嬢。ええ、ホントに……」

溜息を押し殺して、差し出された手を取る。

すると、どうしてかミュゼルはみるみるうちに、顔を赤らめていって――、

「や、やっぱりふつうに歩くわ！　ほらいくわよ！」

ぴしりと手を払いのけ、勝手に先へ進んでいってしまった。

俺は彼女に聞こえないよう深い溜息を吐いてから歩き出し、すぐに彼女に追いつく。

「ミュゼル嬢、お言葉ですが」

「な、なによ！　べつにはずかしがったわけじゃないんだから！」

「いえ、そうじゃなく、私が向かう場所は『夜の森』ですよ、方向が違います」

「『夜の森』ですって⁉」

彼女はぴたりと歩みを止めて、こちらを見た。

「あそこはおばけがでるのよ⁉　ぼくしさまだって言ってたじゃない！　あぶないわよ！」

「そんな、お化けなんて……」

馬鹿馬鹿しい――そう答えようとしたところ、ふと妙案が思いつく。

「……ええ、確かに。牧師様も言っていましたね、危険だから子どもだけで入ってはいけないと」

「そうよ！　もっとあぶなくないところにしましょう！　たとえばむこうのお花ばたけとか……！」

「――しかし申し訳ありませんミュゼル嬢、私はどうしても森へ行きたいので、一人で向かいます」

「え、ええっ⁉」

仰天するミュゼルを尻目に、俺はつかつかと歩を進める。

「おこられちゃうわよ⁉」

「バレなければ問題ないですよ」

「あ、あなたいがいとわるい子なのね……⁉」

慌てて追いかけてくるミュゼル。しかし俺はこれを意にも介さない。

ふふん、どうだ。多少強引だがこれでよし。

恐ろしかったら帰るといい、愚かなミュゼルよ。

……しかし、俺はすっかり失念してしまっていた。

彼女は高飛車で自信家で、加えてワガママ――さらに加えて、負けず嫌いなのである。

「い、いくわよ！　つれていきなさいよ！」

とうとう彼女に追い越される。

俺は彼女の背中を見つめながら、げんなりしつつ、思った。

……なんだか最近の俺はやること為《な》すこと、全て裏目に出ている気がする……。

○

ラカムの村の東側には、小さな森がある。

密生した針葉樹林が陽の光を遮り、昼夜問わずひんやりとした重たい空気が渦巻いていることから、ついた名前が『夜の森』だ。

ここには子どもはおろか、村の大人たちですら近寄らない。

いつからか幽霊が出るという噂が立ち始めたから、そもそも用がないから……。

考えられる理由は多々あるが、一つ確かなことがある。

こんな薄気味悪い場所に進んで足を踏み入れる奇特な子どもは、せいぜい俺と彼女ぐらいなものだろう、と。

「――る、ルード？　ぜったいに走っちゃだめよ？　ぜったいよ？」

と、震える声でミュゼル嬢。

「走りませんよ」

俺はその何度目になるのか分からない台詞に、若干うんざりして応えた。

ちなみに走らないのではなく、走れない。

ミュゼルがその小さな手で引きちぎらんばかりに俺の袖を掴んでいるからだ。

「歩きにくいです、ミュゼル嬢」

「しょっ、しょーがないでしょ!?　くらくて、よく見えなくて、ころんじゃいそうなんだから!」

だったら帰ればいいのに……とは、あえては言わなかった。

言ったら、面倒なことになるに決まっている。

だからこそ俺は万の不満を噛み殺して、ミュゼル嬢を丁重にエスコートしているわけだが……。

(……俺は一体、何をやっているんだ)

自然と溜息が漏れてしまう。

それも当然、なんせこの森に入ったのは怯えるミュゼル嬢を振り払うため。

彼女がついてきては、元も子もないではないか……。

(ミュゼルがいる以上、香炉を焚《た》いて虫を操ることもできないし、かといっていまさら後に退くこともできない……。はあ、これじゃ本当にただの散歩じゃないか……)

と、こんな具合でかれこれ十数分、あてどもなく『夜の森』を散策する俺たちであった。

「……ねえ、ルード?」

「なんですか、ミュゼル嬢?」

「あなたはこわくないの?　……もちろん、あたしがこわいって意味じゃないけど」

「怖い、ですか……」

……例えばそこらの草陰から暴漢、もしくは野良のモンスターが飛び出してきたとしよう。

そして襲われるとする。しかし、なんの問題もない。

ルード少年とは仮の姿で、俺の正体は魔王軍四天王の一人、怪蟲神官ガガルジだ。

その気になれば歴戦の冒険者や、ドラゴンだって簡単に倒せる。

「……全然、怖くありませんよ」

「つ、つよがってるんじゃないかしら？」

「そう思うなら、ご自由に」

「……あなたのそういうとこ、とても子どもには思えないわ」

「ミュゼル嬢もまだ子どもだと思いますが」

「あたしはあなたよりもふたつ年上なの！　まほうだって使えるんだから！」

「——へえ、それはすごいですね」

これは世辞でなく、素直な感想である。

人間で彼女ほどの年頃の子が魔法を使えるというのはそれぐらい珍しいことだ。

「なにが使えるんです？」

「ふぁいあーぼーるよ！　すごいんだから！　とくべつに見せてあげるわ！」

「今度、今度でお願いします。こんなところでファイアーボールなんか使ったら大火事ですよ」

「し、しってるわよ！　こんど見せてあげるって言おうとしたの！」

ふんっ、とそっぽを向く彼女。

袖はしっかりと掴んだままだ。

「……ルードは」

「なんです？」

「なんだか、ほかの男の子たちとは、ちがうかんじがするわ」

俺は人知れず、ぴくりと肩を震わせた。

「……大人びてるって、よく言われます」

「いいえ！　みんなが子どもすぎるのよ！　まったく、つかれちゃうわ！」

「そりゃ子どもですからね」

至極当然の答えを返す。

それにしても……なんだろう、今日のミュゼルはやけに口数が多い。

ふだんはレディがどうこうと言って、すましているのだが……。

そう思った矢先、彼女はひときわ強く俺の袖を握りしめて、

「……ルード、いざとなったらまもってね。あたしはレディなんだから」

……まぁ案の定というかなんというか。

やっぱり内心は不安で仕方ないようであった。

「ええ、守りますとも守りますとも。だからそんなに強く袖を引っ張らないでくだ——」

その時だった。

俺は咄嗟に彼女の身体をかばい、立ち並ぶ木の幹の一つに身を潜めた。

「ルード!?　な、なにを……」

更に間髪入れず、彼女の口を手のひらで塞《ふさ》ぐ。

一応言っておくが、俺はアルシーナ以外の人間がどうなろうと知ったことではない。

これはただ、もしもミュゼルが見つかったりすれば必然的に俺も巻き込まれる形となるので、成り行きとして彼女をかばっただけだ。

「(……誰かいる)」

「(う、うそ……!?)」

ミュゼルがひゅっと息を吸い込んで身体を強張らせた。

「(む、むらの大人? あ、あたしたちをさがしに来たのかしら……)」

残念だが、その線は薄いだろう。

「(ミュゼルは知らないが、俺に動く骨の知り合いはいない)」

「(え……ひっ!?)」

ミュゼルがようやく彼らの姿を認めたようで、顔を青ざめさせた。

彼女の視線の先には二足歩行をする人骨があり、カクカクと音を立てながら森の中をさまよっている。

「(ルード、す、スケルトンよ……!)」

ミュゼルの言う通り、それはスケルトンである。

その身に魔力を宿した者が死んだ時、土地の魔力と反応して偶発的に生み出されるアンデッドの一種だ。

厄介なのは、自然発生したアンデッド系のモンスターはたいていの場合、理性が飛んでいるということ。

ヤツは俺が四天王の一人であろうと関係なしに襲い掛かってくるだろう。

(虫を使うか？　いやしかし、それではミュゼルに俺が虫を操るところを見せることになってしまう……それはもっと厄介だ)

「(に、にげましょうルード！　ねえ、ねえってばぁ……！)」

結局それが一番、ということか。

「(よし、逃げようミュゼル、幸い向こうはまだこちらに気付いて……)」

俺はちらと、スケルトンの様子を窺う。

「(なっ)」

――スケルトンが、いない。

まずい！　迷っている間に見失ってしまった――！

『もしもし、そこなお嬢様、何かお探しですか』

俺とミュゼルはぴたりと動きを止め、同時に後ろへ振り返った。

そこには一体いつの間に回り込んだのか、腰骨を曲げてミュゼルの顔を覗き込むスケルトンの姿が――。

「ひっ」

ミュゼルが、ひときわ強く俺の袖を握りしめ、引きつった声をあげる。

対するスケルトンは、顎の骨をカクカク鳴らしながら、そのくぼんだ眼窩《がんか》でミュゼルを見つめていた。

『それとも、この老骨に何か御用ですかな？　なんつって……』

――もはや一刻の猶予《ゆうよ》もない。

虫たちをフル稼働、全身が一度ざわりと波打ち次の刹那《せつな》――俺はミュゼルを抱え上げ、スケルトンに肉薄する。

『およ……ガコォッ!?』

呆気にとられるスケルトンの頭蓋骨を、顎下から蹴り上げる。

１９０㎝の骨体が大きく仰《の》け反った。

『ガコッ……!?　ちょ、ちょっ！　まって……！』

すかさず体勢を立て直すスケルトン。

しかしその時俺はすでに、打ち付ける掌底でスケルトンの右大腿骨《だいたいこつ》を吹っ飛ばしている。

もちろん、ミュゼルを抱きかかえたままだ。

『ガコォ!?　ひ、ひいいっ!?』

がしゃん、と崩れ落ちるスケルトン。

足は奪った。後は――、

『ひ、ひどい坊ちゃんだ！　や、やむを得ません！　骨皮柔術《ほねかわじゅうじゅつ》奥義！』

「――む」

他の骨も外してやろうとしたところ、スケルトンが残った左足と腕を駆使して、俺の幼い肢体を絡め取る。

そしてその刹那――とてつもない浮遊感に襲われる。

気が付くと身体が空中に投げ出されて、視界が逆さまになっていた。

……まさか、本当に柔術を使うとは……。

肉も身もないのによくもまあこんな芸当ができたものだ。

「きゃあああああああっ！！？」

逆さまになった視界がよっぽど恐ろしいらしく、俺の腕の中でミュゼルが絶叫する。

すごい声だ、やはり彼女もまだ半分赤ん坊のようなものなのだな。

などと考えながら、俺は勢いをつけて空中でぐるりと回転、そして着地する。

当然、ミュゼルは無事だ。

そして――。

『あなた、何者ですか……？』

足元でカタカタと音がするので見下ろしてみる。

そこには、俺がさっき空中で回転するついでに外してやった、ヤツの頭蓋骨が転がっていた。

「そういえばお前、口がきけるんだな。アンデッドにしては珍しい」

『もう少し早めに気付いてくれると嬉しかったです。それとあの、不躾《ぶしつけ》ですが、私の大腿骨拾ってもらえませんかね』

どこの誰のものとも知れぬ頭蓋骨は、悲壮感たっぷりに顎骨をかたかたと鳴らす。

ミュゼル嬢はついに、俺の服の袖から一度も手を離さなかった。

○
『は――――、死ぬかと思いましたよ』

そう言って、ずいぶんと風通しの良さそうな身体つきの彼は、外れた頭蓋骨を元の位置にはめ込んだ。

それは笑えばいいのか、どうなのか。

少し判断に迷ったが、別に笑ってやる義理もないので無視した。

「アンタが、村で話題になっていたお化けなのか？」

こちらの問いに対し、スケルトンはいまいち首の据わりが納得いかないらしく、微調整を続けながら答えた。

『ええ、おそらく私のことで間違いないと思われます。なんせこんなナリですからねぇ』

「ラカムの村の住人か？」

『いえいえ、私しがない流れのスケルトンでございます。偶然立ち寄ったこの森の居心地がとてもよろしいので、つい長居をしてしまいました』

カコン！　と音が鳴って、彼の頭蓋骨があるべき場所に戻る。

たいそうご満悦のようだが……くそ、気が散るのでやめてほしい。

「村人を襲ったりは？」

『まさか！　滅相もありません！　第一、襲ってどうすると言うのですか！　何もできません！　そんなことをしたって、まさに骨折り損のくたびれ……』

「あーもう分かった分かった、一応訊いただけだ。じゃあ本当にただ居ついていただけなんだな」

『理解してもらえたようで何より！　――ところで坊ちゃん！　凄まじい強さでしたなぁ！』

「そんなことはない、アンタが弱すぎるだけだ」

『いやはや手厳しい！　私これでも生前はちょっと名の知れた冒険者でしたのに！』

「じゃあ腕が落ちたんだな」

『落ちたのは頭でしたけどね！』

コツコツコツ、と奇妙な音を鳴らしながら笑うスケルトン。

……なんだコイツは。骨だけの身体のくせに、生きてる人間よりよっぽど元気じゃないか。

「こんなのがお化けの正体とはな……」

ああ、ミュゼル嬢はきっと怒っているのだろうな。

あれだけ怯えていたお化けの正体がコレだと知ったら……。

そう思いながら彼女の方へ振り返ると――何故か、彼女の視線は俺に向いていた。

そのくりっとした眼で、驚いたようにこちらを見つめているのだ。

「……どうしました？」

「ルードって、見た目よりずっとゆーかんなのね……」

「勇敢？　何がです？」

「だ、だってそれ、アンデッドなのよ？」

それ、と言って、ミュゼル嬢はスケルトンを指す。

「……そうですね、アンデッドです」

「こ、こわくないの？」

「怖い……？」

俺はスケルトンの彼を見やった。

彼は肩甲骨の辺りをパキパキやりながら、伸びをしている。

「……どこがです？」

「だって、かみつくかも……」

「あんな歯茎もない歯に噛みつかれたところでどうだと言うのです。ミュゼル嬢に噛みつかれる方がよっぽど怖い」

「あ、あたしはレディだからかみついたりしないわよ！」

「そうですね、噛みつきませんね、失礼しました」

『ちなみに私、虫歯は一本もありませんよ』

「そうか、良かったな」

『な、なんだか私の扱い、すごく雑なんですけども……』

露骨にしょんぼりするスケルトン。

無視、無視。

面倒臭いのを一度に二人も相手にできるか。

「か、かみつかなくても、ぶつかも！」

「あんな細っこい腕で殴られたってどうってことありませんよ。何がそんなに怖いんです？」

「だ、だって……しんだ人がうごいてるのよ⁉　こわくてあたりまえだわ！」

「別にいいじゃないですか。生きて動く人間がこれだけたくさんいるんだから、死んで動く人間の一人や二人いたとしても」

「そ、そういうものなのかしら……？」

「そういうものですよ」

ミュゼルはどこか釈然としない様子だが、半ば無理やり納得させた。

ちなみに俺がスケルトンに驚かない理由は単純明快。俺が魔王軍四天王の一人だからである。

スケルトンなんぞ珍しくもなんともない、それだけだ。

『理解してもらえたところで改めてご挨拶をば。ご機嫌ようお嬢さん、私のことは気軽にスケさんとお呼びください』

「す、スケさん……？　ご、ごきげんよう……」

『お近づきのしるしにこれを差し上げましょう、可憐なお嬢さん』

「あ、ありがとう……。でもなにかしら、この白いのは……」

『野ネズミの骨です』

「ぴゃあっ！！？」

甲高い悲鳴をあげて仰け反るミュゼル。

次の瞬間には、俺がヤツの顎関節に手を添えている。

「スケルトンの間では妙な挨拶が流行《はや》っているんだな……。このまま一本ずつバラバラにして、骨格標本にしたっていいんだぞ」

『ガコッ……い、嫌ですねえ坊ちゃん、ほんのジョークですよ、ジョーク……』

ぎこちなく顎を鳴らして、スケルトンが笑う。

一方ミュゼルは、ぷくうと頬を膨らまして、必死で涙を堪えていた。

「れ、レディのあつかいがなってないわ……。あたしやっぱりスケルトンなんてきらいよ……！」

『ああ、なんとも不名誉なことでございます！　これでは紳士の名折れ、どうぞこれをお受け取りください！』

「……またほねわたすつもりでしょ……」

『滅相もございません！　こちら可憐なお嬢さんによく似合う一輪の花にございます！』

「……まあ！　ほんとだわ！　きれいなお花！」

『とてもよくお似合いです！』

「でも見たことがないわ。なんというなまえのお花なの？」

『さあ……？　私の膝骨のあたりに生えていた花です。綺麗なので摘んでみたのですが、名前まで

はちょっと……』

「ぴゃあっ⁉」

『――ガコッ』

問答無用。

ミュゼルがひっくり返るのと同時に、俺はスケルトンの頭蓋骨を叩き落した。

○

そんなこんなで、すっかり夕方である。

『また遊びに来てくださいね、素敵なお嬢さん』

「――もうこないわよ、バカァ！」

この短い時間の内に一生分驚かされたミュゼルは、去り際に涙ぐんで言った。

スケさんはそんなの微塵《みじん》も気に留めた様子はなく、カチャカチャと手を振って、俺たちを見送った。

「しんじられない……。スケさんはレディのあつかいがまるでなってないわ……！」

ひっくひっくとしゃくりあげながらミュゼルが言う。

依然、俺の服の袖は掴んだままだ。

いい加減、袖がくしゃくしゃである。

「……けっきょく、日がくれるまでいっしょにいちゃったわね、ルード」

木々の合間を縫って進んでいると、ミュゼルがおもむろに言った。

「そうですね」

「あたしもうおなかがぺこぺこよ。おひるのシチューも食べそこなっちゃったわ」

「すみませんね、付き合わせてしまって」

「ほんとうよ！　こんなじかんまで森にいたって知れたら、きっとおかあさんたちカンカンになるわ！」

「それは大変だ。じゃあこれは二人だけの秘密にしておきましょう」

「ひみつね」

「秘密です」

「……ねえルード」

「なんですか、ミュゼル嬢」

「……まだおれいを言ってなかったわ。さっきはたすけてくれて、ありがとう」

「大したことはしてませんよ」

「でもルードがいなかったらきっとわたし、スケさんに会っただけでしんぞうが止まっちゃってたわ」

「そんな大げさな」

「ううん、きっとそうよ……」

ぎゅっ、とひときわ強く袖を引かれる。

振り返ってみると、彼女の顔は耳まで夕焼け色に染まっている。

彼女はそれを隠すように、伏目がちに、

「……またいっしょにあそびましょ」

まるで虫の羽音のようにかぼそい声で、そう言ったのだ。

「……考えておきます」

答えながら、俺は心中で深い溜息を吐き出した。

本当に、俺は一体何をやっているのだ……。

○

森を抜けると、辺りはすでに薄暗くなっていた。

山向こうに沈む夕陽を見つめていると、

――ああ、俺は本当に近所の子どもと遊ぶために今日という日を費やしてしまったんだな……。

そう改めて認識し、憂鬱《ゆううつ》な気分になってしまう。

「帰りましょうか、ミュゼル嬢」

「ええルード、エスコートおつかれさま。それなりにたのしかったわよ」

「……恐縮です」

ミュゼルは森から出た途端、さっきまでのしおらしさが嘘のように、我らがお嬢様へ逆戻りであった。

……いつもあれぐらい素直なら俺も楽なのだが。

そんなことを思いながらも、仕方なく彼女を家までエスコートしようとしたところ。

「――おや、ミュゼルではありませんか」

ふいに背後から声をかけられ、ミュゼルがびくりと肩を震わせた。

……なんと間の悪い。

俺とミュゼルがゆっくりと声のした方へ振り返る。

そこには輝く金髪を真ん中で分けたいかにもな優男が、分厚い教典を片手にこちらを見下ろしているではないか。

彼の胸に光るは、顔が映るほどぴかぴかに磨かれた十字架。

村の教会に勤める牧師――サマトである。

「ぼ、ぼくしさま、こんばんは……」

ミュゼルはあからさまに動揺していた。

言いつけを守らず、夜の森へ立ち入ったことが後ろめたいのだろう。

しかしサマトはそんな彼女のどぎまぎする様を、にっこりと微笑んで見下ろしている。

「こんばんは、そっちは確か……ルード君、でしたね？」

彼とはラカムの村へ来てすぐ、教会で一度顔を合わせたことがあった。

第一印象は虫の好かないヤツ。

俺はそんな悪感情をおくびにも出さず、彼と同じく微笑みを作った。

「こんばんは牧師様、今日は一体どうしたのですか？　まさかこんな村の外れまで教えを説きに？」

「いいえ、少し語らっておりました、彼とね」

そう言って、彼はその手に携えた教典を愛《いと》おしげに撫でさする。

……まったく今日も今日とて熱心なことだ、教典オタクめ。

「さてミュゼル、ここでいつものようにクイズです。351頁《ページ》8行目、神は飢える人々に何を与えなさったのでしょう？」

「ええと……ヤギのミルクと、ひとかけらのビスケットを」

「素晴らしい！　これはご褒美です」

サマトは懐から一枚のビスケットを取り出し、これをミュゼルへ差し出す。

「あ、ありがとうございます、ぼくしさま。でも……」

ミュゼルは受け取ったそれを、少しためらってからポケットへとしまいこんだ。

「もうすぐよるごはんだから、これはあとにとっておきますわ」

「……ミュゼルは賢い。後は毎日三回のお祈りさえ欠かさなければ、天国行きは間違いありませんね」

「あ、ありがとうございます、ぼくしさま」

サマトに頭をくしゃくしゃと撫でられて複雑な表情のミュゼル。

どうやら反応に困っているらしい。

普段大人ぶっているくせに、こういう場面ではてんで駄目だな。

「――ミュゼル、そろそろ帰ろう。お母さんたちが心配するよ」

仕方がないので助け舟を出してやった。

「そ、そうね！　おかあさんたちがしんぱいしちゃうわ！　さようなら、ぼくしさま！」

ミュゼルがこれ幸いとサマトのところを潜《くぐ》り抜け、こちらへ駆け寄ろうとして――しかし、肩を掴まれた。

「え……？」

ミュゼルは驚いて振り返る。

言うまでもなく、ミュゼルの肩を掴んだのはサマトだ。

「ミュゼル、クイズはまだ終わっていないよ？　二問目だ」

「ぼ、ぼくしさま？　でも……」

「第二問、216頁2行目。彼はおっしゃいました、迷わず全てを打ち明けなさい、どのみち何もかもお見通しなのだから――」

彼の貼りついたような笑みが、ミュゼルのすぐそばまで寄せられる。

胸の十字架が一度輝いた。

「――もしかして森に入ったんじゃないのかいミュゼル？　私があれほど言ったにも拘らず」

さあっ、とミュゼルはたちまち顔を青ざめさせた。

サマトは依然、貼り付けたような笑みを崩さない。

「そんな、いえ、あたしは……」

「彼は嘘をお怒りになる、分かってるねミュゼル」

「ああ、あたし、その……」

ミュゼルは吐き出す息も荒く、自らの小さな胸にぎゅっと手を当てている。

そんな彼女の肩を掴む腕に、サマトはさらに力を込めようとして――しかし、力を込めるべき相手を失う。

見るに見かねて飛び出した俺が、ミュゼルを引き寄せたからだ。

「る、ルード……！」

「――お言葉ですが牧師様、それはクイズではありませんよ」

ミュゼルの身をかばいながら、ほんの少しばかりの皮肉を込めて、サマトへ微笑みかける。

サマトは――やはり、いけ好かない微笑みをたたえながら、こちらを眺めていた。

「……これは失敬、ルード君は頭がいいですね。よしよし、ビスケットをあげましょうか」

「いいえ、いりませんよ牧師様。それよりも聞きたいことが一つありまして」

「なんでしょう」

「――牧師様はどうして、僕とは目を合わせてくれないんですか？」

その時俺は、自らの懐をまさぐるサマトの微笑が、僅かにひきつるのを見た。

それからサマトは、わざとらしく俺の目をまっすぐ見つめ返して言う。

「それは気のせいですよルード君。ほら、もうだいぶ暗くなってしまいました。家に帰りなさい」

「そうさせていただきます。さようなら、牧師様」

「ええ、あなたたちに神のご加護がありますように」

サマトはぴかぴかの十字架を軽く掲げて、俺たちの後ろ姿を見送った。

……いや、あれはどちらかと言えば、様子を見ている、の方が近い気もするが。

まあいいか、あの教典オタクが何を考えていようと。

神様なんてのは人間のために作られたもの、俺にとっては関係のないことだ。

第一……。

(本当に神様なんてものがいるとしたら、大勇者ルグルスは……)

かつて俺の葬った、偉大なる勇者ルグルス・ヘルティアとの戦いを思い出す。

彼は言った。一日三度のお祈りを欠かしたことはない、と。

俺の放ったヤタイクズシに内臓を食い破られ、想像を絶する痛みの中にありながら――。

(ヤツは間違いなく俺たちにとって最大の敵だったが、それと同時に誇り高い真の勇者だった。本当なら……)

本当なら勇者ルグルスはマグルディカルを倒し、いずれは俺ともぶつかっただろう。

おそらくは万全の状態で、お互いの知恵と力を競うことができたはず。

神様が本当にいるのだとしたら、そういう状況をこそ……。

と、そこまで考えてから、これが意味のない仮定だと思いなおし、考えを振り払った。

（……馬鹿馬鹿しい、そんなの俺の柄じゃないだろう？）

俺は怪蟲神官ガガルジ。

奇襲奇策はお手の物、確実な勝ちを最低限の労力で拾う、ただそれだけだ。

そんなあたかも人間のような感情、とうの昔に虫に食わせたはずなのに——。

「……ルード」

名前を呼びかけられて、ようやく我に返る。

「あ、ああ、どうかしましたかミュゼル嬢？」

「その、ごめん、またたすけてもらっちゃったわね……。ありがとう」

「気にしないでください、あれぐらい……」

言いかけて、はたと気付く。

あれ？　そういえば、どうして俺はミュゼルをかばったのだ？

別に、ただミュゼルを置いて帰っても良かったのではないか……？

「……なんでもないことです」

深く考えるのはやめた。

俺は魔王軍四天王の一人、怪蟲神官ガガルジだ。

その事実に、変わりはない。

○

実に丁重に、ミュゼル嬢を村長宅まで送り届けた俺は、そのまま来た道を引き返した。

クロエはきっと未だ帰らない俺を怒っているだろう。

グルカスだって、しこたま俺を怒鳴りつけるはずだ。

お前がいなくなったら誰がアルシーナの面倒を見る？　お前はアルシーナの面倒を見るために家に置いているのだぞ――と。

しかしそれが分かった上でも、俺には確かめなければならないことがある。

俺は一人、夜の森の暗闇を掻き分け、彼の許へと向かった。

『……おや坊ちゃん、案外お早い再会となりましたね』

俺の放った蛍《ホタル》――ヒルアンドンが照らす薄明りの中、地べたに胡坐《あぐら》をかいた彼はゆっくりとこちらへ振り返った。

スケルトンのスケさん、その人である。

「驚かないのだな」

『まぁ、近い内に戻ってくることは分かり切っておりましたゆえ……。お嬢さんはちゃんと家に帰りましたか？』

「丁重にエスコートしてきたよ」

間抜けにも、とも言う。

「どうしてもスケさんに一つ聞いておきたいことがあってな」

『このような老骨に答えられることなら、なんなりと』

「……どうして、わざとミュゼルばかり怖がらせるような真似をした？」

しばしの静寂。

スケさんはいかにもバツが悪そうに、白い指先で頬骨をカリカリとやっている。

そしておもむろに言った。

『坊ちゃん、人間のフリをしていますが本当はモンスターでしょう？』

「……気付いていたか」

『この身体になってから、やけにそういった気配に敏感になりましてね……。もう目も耳も鼻もないのに、おかしな話です』

「スケルトンになるような個体はその身……いや骨に大量の魔力を宿している場合が多い。そのせいだろう」

『勉強になります、先輩殿』

コツコツコツ、と力なく笑うスケルトン。

それから彼は一つ小さな溜息を吐いて立ち上がり、足元を指した。

『……坊ちゃんはともかく、お嬢さんにはこれを見せたくなかったのです』

俺はゆっくりと彼の許へ歩み寄り、かがみこむと、手頃な石で地面を削り始めた。

俺はこの土の下に何が埋まっているのかを知っている。

彼がその骨で俺の魔族としての気配を感じ取ったように、俺の全身を形作る虫たちもまたそれを感じ取っていたのだ。

『夜の森』……。とりわけこの場所は異様に魔力密度が高い。地面そのものが帯びている魔力量が高すぎるんだ。それも不自然にこの場所だけ……」

そしてしばらく地面を削っていくと、やがてそれと対面した。

湿った腐葉土の中にうずもれた、白い塊。

「……やっぱりな」

どんな生き物でも身体には僅かに魔力を宿しており、とりわけ人間はその割合が高い。

ゆえに人が死ぬと、その身体に宿った魔力は大地へ溶ける。

すなわち俺の掘り当てたそれは頭蓋骨——しかも子どものものであった。

「周辺の魔力反応から見るに、これ一体だけではないな」

『……ええ』

スケさんが手にかけた人間か、とは毛ほども思わなかった。

もしも彼がそうであったなら、骨だけになってなお、そんなにも悲壮感に満ちた表情をするはずがないのだから。

『……坊ちゃん』

「なんだスケさん」

『私はもうモンスターになってしまったんですよね』

「……少なくとも、人間ではないな」

『おっしゃる通り……。実に不思議ですね』

スケさんはゆっくりとかがんで、地面にうずもれたその頭蓋骨を撫でさすった。

まるで親が子に対してやるように、優しげに。

しかし彼の骨の指は、カシャカシャと虚しい音を立てるだけだ。

『人間の子どもがこんなうら寂しい森の奥で人知れず眠っていると思うと、ひどく悲しくなるんですよ。もう痛む胸も、流す涙もないというのに』

「……そうか」

『はは、これでは私モンスター失格ですね。魔王様はこんなセンチな骨を雇ってくれるでしょうか』

「……直接聞いてみろ、俺は知らん」

『そうですよねえ、そりゃそうですよねえ。うっかりしておりました』

カシャン、とわざとらしく額を叩くスケさん。

俺は何も言わなかった。

今の彼にかける言葉などなく、下手な言葉をかけることは彼の魂に対する侮辱だと、知っていたからだ。

『魔力に寄せられてこの森を訪れてから、私は森へ迷い込んだ人たちを脅かし続けました。もう二度とこの森へ近寄らないように、来る日も来る日も……』

そこで、スケさんはふう、と一つ溜息を吐き出した。

そこにはあるのは、意思なきアンデッドの姿ではない。

『……私はただ、子どもを静かに寝かせておいてあげたいだけなのです。そしてもう誰もこんな冷たい土の下で眠らせたくはない。子どもは皆、温かいベッドで眠るべきです』

彼の憂いに満ちた横顔は、確かに、どこかで生きていた人間の面影を感じさせた。

「……俺は魔族だ」

思わず目を伏せた。

その時、地面にうずもれた骨の隣で、鈍く光を放つそれを発見する。

俺は土に汚れたそれを拾い上げて、

「人間どもがどうなろうと、俺の知ったことじゃない」

自らに言い聞かせるように言い、夜の森を後にする。

スケさんは、何も言わなかった。

○

その夜、母親特製のきのこのシチューでお腹をいっぱいに膨らませたミュゼルは、実に満ち足りた気持ちでベッドへ飛び込んだ。

窓から月明かりが差し込んでいる。今日は満月だ。

「はあ、きょうは本当にたのしかったわ」

ミュゼルは、他に誰もいない部屋で独りごちた。

「ルードと森へいって、スケさんに会って、ルードったらあっというまにスケさんをばらばらにしちゃって……」

くすり、と思わず笑みがこぼれる。

「それでスケさんったら、あたしに……」

思い出した途端に笑みを消して、ミュゼルはぞわりと全身を震わせた。

スケさんに手渡された野ネズミの骨の感触が手のひらに蘇《よみがえ》ったからだ。

「……やっぱりスケさんはきらいよ、レディにあんなものわたすなんて。どんなしんけーしてるのかしら……」

ミュゼルは一人、ぶつくさと文句を言って、しかしすぐに満ち足りた笑みを取り戻す。

なんだかんだあっても、楽しかった。

ルードと一緒に『夜の森』を探検したこと。

スケルトンのスケさんに出会ったこと。

そして、何より……。

「……またいっしょにあそぶって、やくそくしてくれたわ」

他ならぬルードが約束してくれたのだ。

また遊んでくれる、すなわちまた今日のような冒険をともにしてくれると。

そう考えるだけでたまらなくなって、ミュゼルはベッドの上で足をばたつかせた。

「こんなのねむれないわよ！」

どうにもこうにも目が冴えてしまう。

でも、眠らなければ明日にならない。

明日になったら、ルードが遊んでくれるかもしれないのに……。

「はあ、たのしみだわ」

ミュゼルは枕を抱きしめながら、寝返りを打った。

窓の外からは、どこまでも丸い月がこちらを覗いて——いない。

満月は、何かの影に遮られている。

「……え？」

窓の外には、いつからそこにあったのか、人影があった。

人影は静かにそこに佇んで、微笑みながらこちらを見下ろしている。

「ぼくし、さま……？」

いつも通り教典を携えたサマトは、囁《ささや》くように言う。

「いけない子だなぁミュゼルは。おやすみの前のお祈りがまだだよ」

どうしてそこに。

そう問いかけようとして、しかしミュゼルの口から言葉は出なかった。

喉が引きつって、声があげられない。

サマトの微笑みに、言いようのない恐怖を感じている自分がいることに、ミュゼルはここでようやく気が付いた。

「第三問」

サマトが窓枠に手をかける。

ミュゼルはすかさず逃げ出そうとして――。

「嘘を吐いた悪い子は、一体どうなってしまうでしょうか？」

突如視界が暗転し、ミュゼルは意識を失った。

〇

ミュゼルが目を覚ました時、そこは冷たい床の上であった。

「……あれ？　あたし……」

ミュゼルは反射的に起き上がろうとして、しかしそれが叶わないことを知る。

「なに、これぇ……っ⁉」

手足が荒縄で縛られている。

ミュゼルの薄ぼんやりとした思考は、ひどく掻き乱された。

パニックに陥り、呼吸が乱れる。

ここは、ここはどこ？

いえじゃない！　おかあさんは？　おとうさんは？

つめたいゆか、いす、ステンドグラス！

くらくてきづかなかったけど、ここは教会だ！

でも、なんで……！

「目が覚めたかい、ミュゼル」

頭上から声、ミュゼルは咄嗟に声の聞こえた方を見やった。

そこには薄闇の中、窓から差し込む月明かりを頼りに、教典を読み込むサマトの姿があった。

心臓の鼓動が加速する。喉がからからに渇いていく。

「ぼ、ぼくしさま……どうして……」

「どうして？　ミュゼルは賢いから分かるだろう？　君はボクに嘘を吐いたんだ」

サマトは教典を閉じ、ミュゼルの下へ歩み寄る。

そして身をかがめて、彼女の顔を覗き込んだ。

その表情には相変わらず、貼り付けたような微笑がある。

「森に入っては駄目だと言っただろう？　それなのに君は言いつけを破って森へ入っただけでなくボクに嘘まで吐いた。神様はもうカンカンだとも」

「ご、ごめんなさい、でも、あたし……！」

「ミュゼル？　彼は言い訳が嫌いさ。知っているだろう？」

「だ、だれかたすけ――！」

「おっと叫んでも無駄だよ。ここは村の外れ、どれだけ叫んでも誰にも聞こえないさ。大体ボクがどうして君の目と口を塞いでいないのか、賢いミュゼルなら分かるんじゃないのかな？」

サマトはそう言って、懐から取り出した別の教典の1頁目を開き、ミュゼルへと突きつけた。

「──読み上げなさいミュゼル。一言一句間違えてはいけないよ」

「なにをいっているんですか、ぼくしさま……!? あたし、わかりません……!」

「鈍いなぁミュゼル。要するに」

サマトが、懐からある物を取り出す。

それは、月明かりを鋭く返して煌《きら》めく──一本のナイフであった。

「ボクがこれからこのナイフで君を少しずつ刻んでいく。だからミュゼル、君は口がきけなくなる前に頑張って教典を読み終えるんだ。そしたら君みたいに罪深い子でも、もしかしたら天国へ行けるかもしれないだろう?」

ミュゼルは絶句した。

目の前の彼が、微笑みながら何を言っているのか、まるで理解できなかった。

ただ一つ、混迷を極めた彼女の幼い頭でも理解できること。

それは、自分が今から彼に殺されてしまうだろうということだけだ──。

「たす……けて……!」

自らの死を確信した途端、とうとう今まで必死の思いで堪えてきた涙が彼女の頬を濡らした。

そんな彼女の様を見て、サマトはいびつに口元を歪める。

「大丈夫、彼は必ずや君を助け、天国へと導いてくれるとも! だから読み上げるんだ! さあ1頁1行目!」

「だれか、だれかたすけ……！」

「読み上げろと言っているだろうミュゼル！　それとも一緒に読もうか!?　一緒に読もっか！

じゃあ行くぞ！　せーの――！」

サマトが狂気に満ちた表情でナイフを振り上げる。

掲げたナイフの切っ先がぎらりと輝き、そして――。

――次の瞬間、彼の額にはやけに骨ばった指が添えられていた。

「ん？」

突然のことに固まるサマト。

そしてその背後には、コツコツと顎骨を鳴らしながら喋《しゃべ》る彼の姿――。

『せーの、はいっ！』

「う、うおおおおおおっ!!？」

突然の闖入者があげた、どこか間の抜けた掛け声とともに、サマトの身体が宙を舞った。

更にそのまま数ｍもすっ飛んでいって、壁に突っ込み、激しくその身体を打ち付ける。

「がべえっ!?」

サマトが悲痛な叫びをあげ、その場に崩れ落ちた。

しかし、ミュゼルはもはやそんなもの眼中にない。

彼女の瞳の中には、月明かりに照らされた彼の姿しか映っていなかったのだから。

『まったく、受け身の一つもロクにとれないのですか、坊ちゃんは吹っ飛ばされながら私の頭蓋骨まで外したというのに』

「あ、あなた……！」

彼はその落ちくぼんだ眼窩で彼女を捉え、顎骨をカクカク鳴らしながらおどけた調子で言う。

『では、ここで骨身に染みるアドバイスをば……。教典なんかより絵本の方が楽しいです。特に子どもにとってはね』

「スケさん!!」

喋り動く愉快な骨ことスケさんは、サマトのものとは違う優しげな笑みを彼女へと向けた。

○

『お嬢さん、お怪我はございませんか？』

スケルトンのスケさんはわざとらしく紳士ぶってミュゼルの足下に跪く。

一方でミュゼルの様子は、彼女がよく口にする〝レディ〟とは遠くかけ離れていた。

「スケさん……！　こわかった、うう……なんで……こんなことに……」

不安と安堵《あんど》、恐怖と歓喜、言いようのないごちゃまぜの感情がそのまま顔に表れている。

『よしよし、よく頑張りましたね』

スケさんは涙でぐじゃぐじゃになった彼女の顔を、せめて指で拭《ぬぐ》ってあげようと手を伸ばす。

しかし自分の骨ばった指では、かえって彼女の肌を傷つけてしまうかもしれないので、やめた。

代わりに彼女を抱き起こして、その柔らかい頭を軽く撫でる。

「えっぐ……うぅ……スケさん、でも、どうして……どうしてここが……？」

『足元を見てくださいよ、お嬢さん』

スケさんが言うので、ミュゼルはゆっくりと床を見た。

すると、先ほどまでは必死で気が付かなかったのだが、教会の扉からミュゼルまでの道のりに、何やら一本の黒いヒモのようなものが伸びている。

ミュゼルがさらに目を凝らしてみると、やがてそれがヒモでないことに気が付いた。

――蟻だ。

無数の蟻が行列を為して、ミュゼルのポケットに伸びている。

「あ、ありさん……？　なんで……」

『失礼しますよお嬢さん』

スケさんが、アリの行列をたどって、彼女のポケットからある物をつまみ上げた。

それは、ポケットの中でボロボロに砕けたビスケットである。

「あ……！」

『おやおや、これはレディとしては如何《いかが》なものですかな。まさか食べ残しのビスケットをポケットの中に入れておくなんて』

「……ぷっ」

とうとう堪《こら》えきれなくなって、ミュゼルは噴き出した。

まさかこんな馬鹿げたことで自分が助かるなんて……！

スケさんもまた、これに優しげな微笑みで応えようとした――その時だった。

「――〝炎よ〟！」

静寂を切り裂いて、男の叫ぶ声。

スケさんが反射的にそちらへ振り返ると、目の前に、彼らを丸ごと呑み込まんとする大質量の火炎が――。

『うわっと⁉』

「きゃあっ⁉」

スケさんはミュゼルを抱きかかえたまま、大きく跳びずさる。

炎は、先ほどまで彼らがいた辺りを舐めて、しかしそれだけだった。

床の表面を軽く焦がしただけで、すぐに消えてしまう。

あれは――魔法。

元冒険者であったスケさんは、直感的に判断する。

『……心臓が飛び出るかと思いましたよ。怖いですねえ、最近の牧師は魔法も使えるんです？』

「……汚らわしい、モンスターが……」

体勢を立て直したサマトが、教典を片手にスケさんを睨《にら》みつけている。

血走った眼は、溢《あふ》れ出んばかりの殺意に満ちていた。

「その醜い身体……。あなた、アンデッドですね……」

『心外ですね、これでも骨には自信のある方なのですが』

「よりにもよってこの神聖なる教会に、ボクの前に……彼の意思に背く、悪しき存在が……！」

サマトはスケさんの言葉などまるで聞こえていないかのように、ブツブツと呟きながら教典をめくっている。

そのとり憑かれたような様に、ミュゼルは恐怖の念を抱いたが――意を決して叫んだ。

「――ぼくしさま、もうやめて！　どうしてこんなことをするの!?　森へ入ったことならあやまるわ！　だから……！」

「……謝る？　ふふ、ミュゼルはおかしなことを言うんだね」

けひひ、とサマトが歪んだ笑みを浮かべる。

「いいかい、もうそんなの関係ないよ。君はさっき、ボクを投げ飛ばしたそこの薄汚いスケルトンと仲良さそうに話してただろう。地獄行きさ」

「そんな……！」

『――牧師様のお言葉は骨身に沁《し》みますなぁ。一つ浅学な私めにも分かりやすいよう、教えていただいてよろしいですか？』

スケさんは、怯えるミュゼルをかばいながら言う。

『彼女が地獄行きなら、あなたはどこに行くんです？　森林浴のお好きな牧師様』

「……うん？　なんだ、よく見たら君、最近森に居ついたっていうスケルトンじゃないか。そうかなるほど。じゃあ君はボクが何をしてきたか、知ってるんだね」

『ええ、よーく知ってますとも。あなたはとても許されないことをしてきました』

「許されない？　はは、許されないだって？」

サマトがくつくつと笑う、そして――、

「――許されるに決まってるだろぉ!?　だってボクは教典を一言一句間違えずそらで言える!!　お祈りだって欠かしたことはない！」

『……何を言ってるんです』

「ボクみたいに信心深い人間を、彼は必ずや許してくれるって言っているのさ！　――〝氷よ〟！」

サマトが叫ぶとその刹那、スケさんの頭上に巨大な氷柱が出現する。

『氷魔法……!?　くっ!?』

「きゃあああっ!?」

スケさんが咄嗟に飛びのいて、氷柱を躱す。

ガシャアアアンッ、と凄まじい音とともに氷柱は砕け、その破片が霧散する。

(詠唱から魔法の発動までが早すぎます！　いや、これはそもそも詠唱していない――!?)

「〝土よ〟！」

『なっ!?』

スケさんは突如にして足場がぬかるみ、沈んでいくのを感じた。

見ると、軟化した石の床がくるぶしの辺りまで呑み込んでいる。

これを好機と見たサマトは、すかさず――、

「〝風よ〟！」

『また……！　すみませんお嬢さん！』

「えっ……きゃあっ⁉」

スケさんは咄嗟の判断でミュゼルを放り投げ、ミュゼルの身体が床上を転がる。

――次の瞬間、飛来した不可視の風の刃が、スケさんの肩から脇腹にかけてを斜めに切り裂いた。

『ぐっ⁉』

「スケさん‼」

ガシャアン！　と派手な音を立てて、スケさんの上半分が床の上にぶちまけられる。

ルードの時とはわけが違う。骨そのものが綺麗に寸断されていた。

「スケさん‼　ああ、うそでしょ、こんな……！」

「ああ、少しだけど胸がすっとしたよ。邪魔な骨もいなくなって、これでようやくボクは昔のように気軽に森へゴミ捨てに行けるわけだ。それもこれもこのありがたい魔本《まほん》のおかげだなぁ」

『魔本ですって……⁉』

スケさんは苦しげに呻《うめ》きながら、驚愕の声をあげた。

魔本――話だけならば彼にも聞いたことがある。

なんでも、魔術書などの類とは根本的に異なり、それ自体が魔力を宿した書物。

これを用いれば、どれだけ魔術的素養のない人間でも自由自在に魔法を扱うことが可能となるというマジックアイテム。

『だから詠唱をしてなかったのですね……！　まんまと騙《だま》されましたよ、私はてっきりそれがただの教典だと……!!』

「騙したつもりなんかありませんよ？　というか教典の中身は全てここに入っていますので」

サマトは勝ち誇った笑みを浮かべて、自らのこめかみを指先でとんとんと叩く。

それからにいいっ、と口元を吊《つ》り上げて唱えた。

「〝土よ〟」

サマトの言葉に従い、再び石の床が軟化し、泥状に変質する。

一転して底なし沼と化した床は、問答無用にスケさんの身体を、そしてミュゼルの身体を呑み込んでいく。

「い、いやぁ！　そんな……！　スケさん――」

『う……ぐ……すみませんお嬢さん……がぼっ』

「さようならお二人さん」

二人の身体はずぶずぶと床下に沈んでいって、すぐに身動きはおろか、声も出せなくなる。

彼らの身体が完全に床下に沈み込むまで、さほど時間はかからなかった。

「う、あぐ――」

『っ――』

とぷんと音がして、最後の骨の一本が床に取り込まれる。

すると、さっきまでのことが嘘のように、床は石造りのものへと戻り、教会は元の静寂を取り戻した。

「……ああ、ミュゼルを直接神の御許《みもと》へ送れなかったのは残念ですが、ふふ、これで全部綺麗に片付きました、ははは」

サマトが笑う。

たった一人、静寂に包まれた教会の中で、狂ったように笑う。

「ははは、ああ、気分がいい、今なら空だって飛べるような……」

「——何か良いことでもありましたか牧師様」

「！！？」

突如として背後から声。

サマトは弾かれたように振り返って——目線を下げ、彼の姿を見る。

一体いつからそこにいたのか、自らの背後に立つルード少年の姿を。

（なっ!?　コイツいつの間に……！　見られた!?　消すか——!?）

瞬間、サマトは思考を巡らせ、魔本を強く握りしめる。

しかし予想に反して、ルード少年はにっこりと微笑み。

「懺悔《ざんげ》——まだやってますか？」

「は？」

そのあまりにも間の抜けた質問に、サマトもまた間の抜けた声をあげるしかない。

だが、その反応を見てサマトは確信した。

（ああなんだ！　あまりにもぴったりのタイミングだったから焦りましたが――なんのことはない！　彼はさっきの光景を見ていない！　ボクをただの牧師と、間抜けにもそう思っているのだ！）

サマトはいつも通りにっこりと微笑みを作って腰をかがめ、ルードと視線の高さを同じくする。

「ええ、もちろんですとも、懺悔はいついかなる時も受け付けておりますよ。さああなたの罪を告白してごらんなさい」

「ありがとうございますサマト牧師、でもまずはこれを受け取ってください」

「うん？」

ルードに差し出されたそれを、サマトはわけも分からず、とりあえず受け取る。

――瞬間、サマトは自らの全身から血の気が引くのを感じた。

今彼の手の内にあるのは、以前自らが使っていた十字架だ。

数か月前、とある少女を神の御許へ送ったその時になくしてしまった、あの――。

「じゅ、十字架だね、はは、どうしたんだいこれ？　随分と使い込んであるみたいだけど、こんなものどこで……」

「すっとぼけないでくださいよ、生臭牧師」

「おいおい、生臭牧師って……」

サマトが魔本を握る手にいっそう力を込める。

その時であった。

──突如、背後からザバアアアアンッ‼　と凄まじい音が響き渡る。

「なっ⁉」

サマトは音がした方向へ振り返って、そして信じがたい光景を目にした。

4mはくだらない巨大な昆虫が、石の床をまるで水面のように掻き分け、飛び出してきたのだ。

そしてその虫の頭の上にはぐったりとうなだれた──しかしまだ息のある、ミュゼルとスケさんの身体が乗っかっている。

サマトは知る由もないが、その虫の名はマンジュウガサ。

触覚から発する超音波で、分厚い岩盤でも巨大な岩石でもあっという間に流砂へと変えて自らの住処《すみか》とする、巨大蟻地獄《アリジゴク》である。

「──どうした？　さっさと罪を告白しろよ、サマト」

「はっ⁉」

突然の闖入者に気をとられていたサマトは、我に返って身体を翻した。

しかしその時すでに、目と鼻の先には握られた拳が迫っていて──、

「──ぼぐぅえっ⁉」

人外じみた膂力《りょりょく》で顔面を殴られたサマトは、血の飛沫《ひまつ》をまき散らしながら、遥か後方へと吹っ飛んでいった。

○

拳をもらう直前、ヤツは子どもの拳と侮ったのかもしれないが、見立てが甘い。

身体を形作る虫どもを活性化させるだけなら、香炉を焚かずともできるのだ。

そして活性化させるとどういうことが起こるか。簡単だ、比例して俺の身体能力が跳ね上がる。

それこそ優男一人殴り飛ばすぐらい容易いほどに——。

「ぼぐぅえっ!?」

顔面に一発叩き込まれたサマトは、鼻血をまき散らしながら、遥か後方へ吹っ飛んでいく。

その際にテーブルへ背中を打ち付け、燭台《しょくだい》を巻き込み、それでもなお勢いを殺せない。

最終的には、ステンドグラスに描かれた大好きな彼の胸の中へ、ガシャアアアンとド派手な音を立てながら突っ込んだ。

飛び散る破片の一つ一つが、窓から差し込む月明かりに照らされてきらきらと輝く。

今まで教会なんぞくそくらえと思っていたが、その光景はなかなか幻想的なので気に入った。

「ま、俺の虫たちには劣るけどな」

俺は香炉を振りかざして白煙をくゆらせた。

薄く長い絹のような煙は巨大蟻地獄、マンジュウガサの許へと届く。

地面から顔を覗かせたマンジュウガサは二本のブラシじみた触覚をひくひくと動かし、やがて地面の中へと戻っていった。

もちろん、ミュゼルとスケさんは置いて、だ。

「げほっ、げほっ……！」

『こ、これは……一体何が起こって……？』

咳き込むミュゼルに、困惑するスケさん。

なんにせよ大事はないようだ。

俺はゆっくりとミュゼルの許へ歩み寄る。

ミュゼルが咳き込みながらゆっくりと薄目を開いた。

「る、ルード……？　な、なんで……あなた……」

俺はミュゼルのすぐそばで跪き、そしていつものごとく微笑みかける。

「なんで、とは妙なことを聞きますねミュゼル嬢。レディをエスコートするのは紳士として当然ではないですか」

「えす、こーと……？」

ミュゼルはその単語を反芻《はんすう》して、ふふふ、と弱々しく笑う。

「そうね、たしかにそのとおり……。なんてったって、あたしは……レディ、なんだから……」

「ええ、どこからどう見ても一人前のレディですとも」

ミュゼルの頭上から、きらきらと光り輝くそれが降り注ぐ。

それは、彼女の頭上ではばたくユメマクラという蝶の鱗粉である。

かつて大勇者ルグルスへ手向けたそれと同じ虫だ。

眠りに誘う鱗粉を吸い込み、彼女はゆっくりと瞼を下ろしていく。

「……だから、後は全て私に任せて、お眠りください、夜更かしは美容の大敵ですからね」

「ええ、そうね……。あたし、きょうはすごくつかれたみたい……」

まどろむ彼女は、夢見心地といった風に安らかな笑みを浮かべて、

「またあした、あそびましょう、やくそくしたんだから……」

その言葉を最後に、ミュゼルは意識を手放した。

すうすうと、ミュゼルが深い寝息を立て始めたのを確かめると、俺は立ち上がってスケさんの許へと歩み寄る。

『お、お坊ちゃん、あなた、一体……？』

スケさんは未だ状況が理解できないらしく、困惑した風に骨をカタカタと鳴らしていた。

サマトにやられたのだろう。

身体が上半分と下半分に両断されて、切断面では骨が何本も断たれている。

スケルトンの魔力は骨に宿る――スケルトンにとって骨とは血肉なのだ。

この骨が破壊されると、そこから魔力が漏れ出し、魔力循環もそこで断たれる。

すなわち、スケルトンにとって骨を破壊されることは、存在そのものを脅かす事態なのである。

スケさん、アンタはモンスターとなってなお、命懸けで彼女を――。

俺は彼に跪いた。

そこに少年ぶった俺はいない。

俺は、彼の誇りに最大限の敬意を払い、そして言った。

「――スケルトンよ、大儀であったな」

『え、お、お坊ちゃん……？』

俺が突然厳《いか》めしい口調になるものだから、スケさんはいよいよわけが分からなくなってしまったようだった。

俺はそんな彼に構わず、厳《おごそ》かな口調で続ける。

「貴殿は骨を断たれ、このような姿になってまで、自らのモンスターとしての使命を全うしようとした。これは称賛に値することだ」

『え、モンスターとしての使命……？　なんのことです……』

「謙遜《けんそん》するな。お前はあの悪しき人間から、我らが魔王軍のため、魔本を回収せんと奮闘したのだろう？」

『え、え、そんな、私はただ……』

「――奮闘、したのだろう？」

念を押すように、もう一度言う。

するとスケさんはそこでようやくはっ、と何かに気付いたように。

『え、ええ！　そうですとも！　何かの間違いで人間の手に渡ってしまった世にも珍しき魔本を、我らが魔王様に献上するためでございます！』

「ふむ、大儀である。それでこそ俺が加勢する価値もあろうというもの」

俺は鷹揚に頷いて、それから寝息を立てるミュゼルへ一瞥くれる。

「一応、念のために言っておくが、俺は人間なんぞどうなろうが知ったことではない。将来有望なモンスターであるお前がやられるのを見過ごせないというだけだ」

『……そういうていで、お嬢さんを助けに来たのですか？』

「何か言ったか？」

『いえ、何も言っておりませんよ。身に余る光栄でございます』

「……お前は骨だろ」

『これまた一本とられました』

スケさんが、かたかた笑う。

俺もまた彼に微笑み返してやろうとして――、

「〝風よ〟！」

――無粋な声に遮られた。

そしてその直後、ザンッ、と空を裂くような音がして、右腕に衝撃。

見ると、俺の右腕の肘から先がすっぱり断たれて、床の上に転がっていた。

『ぼ、坊ちゃん!?』

「――ひ、ひひひ！　やった！　やったぞ！　腕を落としてやった！　油断してる君が悪いのさ！」

俺はふうと溜息を一つ吐き、ゆっくりと後ろへ振り返る。

そこには全身にステンドグラスの破片を食い込ませ、狂ったような笑いをあげるサマトの姿があった。

「ぶ、ぎはは！　痛かった！　痛かったよルード君⁉　それは当然の報いさ！　神に仕えるこのボクの顔を殴った、その報いだ！」

『お、お坊ちゃん、ああ、そんな……！　腕が……！』

「ははは！　そおら悲鳴をあげろ！　激痛に悶え苦しめ！　そしてその穢《けが》れた血をドバドバと吐き出し……て……？」

『……あれ？』

サマトとスケさんが、同時に首を傾げた。

何をそんなに驚いているのだろうかと考えて――しばらくした後、ようやく思い至った。

ああ、そうか、ふつう人間は腕を切り落とされれば、ドバドバと血を流すものだったな。

「な、なんで……腕がちぎれたのに、血、血が……？」

「なるほど勉強になった、次からは気を付けよう。こんなつまらないことで正体がバレてはたまったものではないからな」

俺は残った方の腕で香炉を振りかざす。

白煙が地に落ちた右腕を包み込み――そして次の瞬間、右腕がばらけた。

正確には右腕を形作っていた無数の虫たちが、その結合を解いて、ざわざわと蠢き出したのだ。

「ひ、ひいいいいっ⁉　な、なんだ⁉　む、虫⁉」

戦慄するサマトの目の前で、ばらけた虫たちはめいめい空を飛び、また俺の足から這い上り、肘からちぎれた俺の右腕へ群がり出す。

そして再び元の右腕へ戻ろうと、蠢いていた。

サマトが、まるで悪魔でも見たかのように、両の瞳を震わせている。

俺はそんな哀れな彼に向けて、優しく微笑みかけた。

「牧師様、僕の虫たちは発酵食品のたぐいが好物で、腐りかけのものともなれば、それはもう大喜びで貪《むさぼ》るんです。綺麗さっぱり、ね」

一歩、彼の方へ歩み寄る。

右腕は、すでに元の形を取り戻しつつあった。

「あ、ああ……神様……！」

サマトが魔本を握りしめ、後ずさる。

俺は、そんな彼のありさまを見て、貼り付けたような笑みで応えるのだ。

「あいにく免罪符は切らしてる。冷たい土の下で眠れ、ゲス野郎」

「……ゲス野郎、ですって？」

サマトが、きひひ、とひきつったような笑みを浮かべる。

元から情緒不安定のようだったし、とうとう恐怖のあまり精神に異常でもきたしたのかと思えば、どうやら違うらしい。

サマトはいよいよ堪え切れなくなったように笑った。

「ゲス……ゲスと言いましたか⁉　君が⁉　ははははっ！　君の正体が薄汚いモンスターだったというのも驚きですが、まさかよりにもよってたかが虫畜生にそんな台詞を吐かれるとはね！」

「……虫畜生？」

その単語を耳にした途端、全身の虫たちがざわ、と蠢いた。

しかし、サマトはそんなこと気付いた様子もなく「ひははは」と甲高い笑いを響かせている。

「――132頁6行目！　教典において、虫けらというのは最も低俗な魂を持つ生き物とされています！　ありがたい教えを理解するだけの脳みそも持たず！　屍肉を貪り、地べたを這いずり回る呪われた魂！　――ははは！　よりにもよって君がそれだなんてね！　地獄の炎に焼かれるのです!!　ルード君！　君の向かう先に光なんてありはしないのだから！」

サマトは髪の毛を振り乱しながら、自らが神の代弁者であると言わんばかりにまくし立てた。

……そう言えば、俺が逆上するとでも思っているのだろうか？

よもや「数々のご無礼をお許しください、高尚な人間様」という具合に、平伏するとでも思っていたわけではあるまい。

ともかく俺の反応はそのどちらでもない、にっこりと微笑んで――、

「関係、あるんですか？」

「……は？」

「ですからね」

俺はさながら慈悲深い牧師のように、慈しみを込めて言う。

「――そのありがたいお説教と、アンタがこれからその低俗な虫どもにぶちまけられることに何の関係があるのかって訊いているんですよ？」

「……っ！　汚らわしい虫野郎があああっ!!」

それは、サマトが絶叫するのとほぼ同時に起こった。

石の床がバギン！　とひび割れて、飛び出した無数の何かが、まるで意思でも持っているかのように俺の腕や足に絡みついたのだ。

太く逞しい、植物のツタである。

「ひははぁ！　また油断しましたね！　こっそり唱えていたんですよ！　そしてこれでトドメ！」

『お坊ちゃん！　避《よ》けてくださ……！』

ひゅんっ、と背後から風切り音。

振り返る間もなく、何やら小気味の良い音がして、視界が逆さまになった。

そして床の冷たい感触を頬に感じながら、ツタに縛られた自らの首のない身体を見上げて〝ああ、なるほど風の刃で首を刎《は》ねられたのか〟と理解する。

「斬首刑！　あっけないものですね！　偉そうな口ばかり叩くからですよ、このクソ虫が！」

『そんな……！』

斬り落とされた俺の首を見下ろして、サマトは歓喜に打ち震えた。

しかし、

「なんでも人間の都合で考えるのは傲慢《ごうまん》なことだと思いませんか？　牧師様」

「は……？」

サマトが驚愕に両目を見開いた。

全身を強張らせて、口を閉じることさえ忘れ「あ、あ……!?」と引きつった声を漏らしている。

なんだ、そんなに珍しいか？

——斬り落とされた首が喋りかけてくるのは。

「南方の呪《まじな》い師は虫の頭に特殊な力が宿ると信じ、鍬形の頭をもぎとって魔除《よ》けのネックレスにするそうです。……ところで僕の本体は、ここにはありませんよ」

「ば、化け物ォ!?」

サマトがすかさず足を振り上げ、俺の頭を踏み潰そうとしてくる。

だが、それはすでに俺の頭であることをやめていた。

ブチンッ、と肉のちぎれる音。

「えっ？」

サマトが間の抜けた声をあげる。

足首から先を食いちぎられた、自らの足を眺めて——、

「——い、だああああああああああああいっ！！！」

遅れて痛みがやってきたらしく、サマトは絶叫とともにその場に崩れ落ちた。

激痛に悶える彼の傍ら、ちぎれた足を凄まじい勢いで咀嚼するのは、先ほどまで俺の頭を形作っていた虫たち——名をアバドーンという。

きわめて獰猛《どうもう》な食性を持った、おびただしい蝗《イナゴ》の群れだ。

「あ、があああっ……！　ボ、ボク、ボクの足がぁぁあああ!!　返せ！　この薄汚い虫どもがああ

あ！」

サマトは情けなく泣き叫びながら、群がるアバドーンたちから自らのちぎれた足を取り返そうと、手を伸ばした。

すると彼らは、まるで波が引くようにざざあと散って――後には骨すら残っていなかった。

ものの数秒で、全て腹の中に収めてしまったのだ。

「あ……ああ……！」

「最近まともな餌を与えていませんでしたからね、よっぽどお腹が減っていたようです」

絶望に顔を歪めたサマトが、こちらを見上げた。

散っていたアバドーンたちも戻ってきて、俺はすでに元通りルード少年の姿である。

全身に巻き付いたツタは、すでに跡形もない。

サマトが俺の頭と遊んでいる内に、数十匹の幼虫を放ち、ツタを食い破らせたのだ。

「っ!! おぞましい下等生物が……！ 近付くな！ ボクに近付くな！ お前たちは呪われている！」

「ええ、確かに教典に従えば、虫というのは下等で低俗な、呪われた魂なのかもしれません」

痛みを堪え、ふうふうと息を荒くするサマトへ、俺は語り掛ける。

「なんせ虫は教えが理解できません。当然祈りは捧げませんし、教会に足繁《あししげ》く通ったり、過去の行いを懺悔することもないですね」

「そら見ろ！ そんな罪深い魂が、よくもボクの足を――！」

「──何故ならば、虫は神を必要としないからです」

サマトがびくりと肩を震わせ、口をつぐんだ。

間違っても俺の言葉に胸を打たれたわけではないだろう。

きっと、俺の目を見たせいだ。

無機質で無感動。

深い奈落のように、どこまでも暗い、そんな瞳。

「彼らの行動原理は実にシンプルです。子孫を残すために食らい、食らうために殺す。感傷も躊躇《ちゅうちょ》もなく……彼らは生きるということに誇りを持っています」

「ひっ……！」

サマトが後ずさる。

俺はそんな彼の様を、ただ冷ややかに見下ろしていた。

「だから間違っても、自らの楽しみのために他の生命を奪ったりはしませんよ」

「はぁ……はぁ、誇り、だって……？　ふ、ふふは、ふははははは、はっ……」

サマトが天を仰いで笑い、そして──、

「──だったらその誇りともども地獄に送ってやる!!　〃炎よ〃!!」

サマトが高らかに唱え、勝ち誇った笑みを浮かべる。

首を飛ばして駄目ならば全身を焼き払えばいい……そう考えたのだろう。

だが、その考えに至るのが遅すぎたな。

魔本は応えなかった。

牧師の声は夜更けの教会に、虚しく響き渡った。

「……なっ⁉　魔法が出ない⁉　何故⁉」

この異常事態に、サマトは足の痛みも忘れて、すっかり狼狽《ろうばい》してしまっている。

どうやら、よっぽど足の痛みに気を取られていて気が付かなかったらしい。

「……紙魚《シミ》という虫がいます。銀色の身体をしており、とても素早く、紙の上を泳ぐように動くのでそう名付けられました……。彼らの主食は糊《のり》や紙の繊維です」

「まさか……まさか、お前っ⁉」

ようやく魔法不発の原因に思い至ったサマトは、急いで魔本を開いた。

サマトの目に飛び込んできたのは、頁の上を這う無数の紙魚。

彼らは紙を、糊を、すなわち魔本そのものを食らいながら、その銀色の身体で魔本の上を這いずり回っているのだ。

「う、うわあああああああ！！？　ま、魔本‼　ボクの魔本が！　こんな汚らわしい虫どもに……‼　やめろ‼　離れろォ！！！」

魔本に這う紙魚たちを追い払おうと、サマトは無我夢中に頁の上を手で払う。

しかし俺の放った紙魚は、とりわけ食欲が旺盛なものだ。

すでに頁同士を繋《つな》ぎ合わせる糊まで食いつくしており、払われた紙魚もろとも、ちぎれたページまでもが地面に散らばってしまう。

「ひ、ひいいい！！？　嘘だ！　ああ、神様！　こんな……！」

すでにサマトは周りなど見えていない。

ただ一心不乱、地べたに這いつくばって、落ちた頁を拾い集めている。

そんなことをしても、再び魔本がその効力を発揮することなどないというのに……。

「……」

俺は最後に彼を一瞥して、くるりと踵を返した。

背後ではスケさんがあんぐりと口を開けて、こちらを見つめている。

『坊ちゃん……あなた、一体……』

「……すまんな、うっかり魔本を破壊してしまった。魔王様には内緒にしといてくれ」

おどけて彼に笑いかける。

それと同時に、ガガガガガ、と地中深くから、何かが近付いてくる音が聞こえた。

早速嗅ぎつけたらしい。

「魔本、ああ、ボクの、ボクの魔本が……！」

未だ散らばった魔本の頁を集めるサマト。

彼本人は必死になるあまり気付いていないが――今、彼の全身にはおびただしい数の蟻が這っている。

彼がその懐にたんまりと蓄えた、ご褒美のビスケットを目当てに。

そして、そんな蟻を主食とする虫が今、彼の直下に迫ってきていた。

「……魔本を拾い集める暇があったなら、教典でも読んでおくべきだったな。そうすれば万に一つの確率だとしても天国へ行けたかもしれないのだから……。まぁ、どのみちもう関係ないか」

次の瞬間、ザバアアアンッ、と音を立てて、勢いよく飛び出した巨大蟻地獄——マンジュウガサが、サマトもろとも大好物の蟻たちを地中深くへ引きずりこんだ。

○

「……ん………っ」

深夜、ミュゼルはゆるやかに覚醒した。

催したわけではない、喉が渇いたわけでもない。

あまりよく思い出せないが、なんだかとても恐ろしい夢を見たような、そんな気がしたのだ。

「……こわいゆめを、みたわ」

ミュゼルは、どうしようもなく心細くなって、ベッドの中で丸くなる。

今からでも両親のいる寝室へ飛び込んでみようか。でも、それは一人前のレディとして如何なものか……。

などと考えていた時のことである。

「……あら?」

窓の外に、何やら見慣れない虫が止まっていることに、ミュゼルは気付いた。

「ちょうちょ、だわ」

窓枠に止まったそれは、満月の光を受けて煌めく、幻想的な美しさの天色の翅を持つ一匹の蝶。

「きれい……」

ミュゼルが思わず息を呑むと、まるで蝶は彼女に気付かれるのを待っていたかのように、飛び去ってしまった。

金色の鱗粉を散らしながら、ぱたぱた、ぱたぱたと、『夜の森』の方角へ。

「あれ、なんていうちょうちょなのかしら、はじめてみたわ……」

普段なら虫のことなど気にも留めないミュゼルであったが、あの蝶の美しさには思わず心を奪われてしまった。

さっき見た悪夢のことなんて、すっかり忘れてしまうほどに。

「あした、ルードに聞いてみようかしら……」

ふわぁ、と一つ欠伸《あくび》が出る。

彼女は自らの幼い身体を、柔らかく温かいベッドにうずめて、独りごちた。

「ルードはものしりだもの、きっと知ってるわ……。それに、やくそくしたんだから。またあした、あそびましょって……」

そうして彼女は、再びまどろみの中へと落ちていった。

○

『これでよし……と』

『夜の森』。

スケルトンのスケさんはようやく一仕事を終え、額をぬぐう真似をした。

とはいえ骨なので汗は出ない。生前の癖である。

『うん、なかなか良い出来じゃないでしょうか』

スケさんは、カシャカシャと両手の土を払い、この数時間の仕事の成果をしみじみと眺める。

それは簡素ながらもしっかりとした作りの墓標であった。

これがスケさんの人間として最後の仕事。

そしてこの森を去る前の、最後の儀式でもある。

『さて、と……。そろそろ行きますかね』

スケさんは、ほんの僅かの荷物を革の背嚢《はいのう》に纏めて、背負った。

スケルトンには食料も水もいらない。

もっと言えば着替えもいらないので、荷物が軽くて助かる。

——ああ、死んで良かったなあ。

などと、スケさんは自らに言い聞かせて、胸骨にこびりついた一抹の寂寥感《せきりょうかん》を振り払った。

人間らしい感傷は、未だ捨てきれない。

『こんなのじゃ、魔王様に面接で落とされちゃいますよ。ただでさえ馬の骨なのに……人骨ですが、なんつって』

得意の骨ジョークも、聞かせる相手がいないのでうら寂しく響く。

挙句、自分で言っておいて、そこはかとなく不安になってしまったスケさんは、おもむろに一通の封書を取り出した。

それは、あのルード少年が教会での一件の後スケさんのためにしたためてくれた、いわゆる紹介状というやつである。

『お坊ちゃんは、これを魔王軍の誰か適当な奴に渡せばなんとかなると言っていましたが……』

宛先を確かめる。

やはり何度見ても、そこには魔王ギルティア様の名前がある。

『ほんとに何者だったんですかね、あの坊ちゃん……』

つくづく不思議な少年だった、とスケさんは自らの身体を見下ろした。

両断されたはずの骨はぴったりとくっついて元通りである。

あのルード少年が、何やらよく分からない虫の体液を搾って、接着してくれたのだ。

そんなもので骨がくっつくのだろうかと半信半疑だったが、事実くっついている。魔力の循環にも問題はない。

もちろんそれだけではない。

彼はモンスターでありながら、何故か人間の少年に扮して、普通に生活を送っている。

ではモンスターらしく、何か人間を害する意図があるのかと思えば、そうではない。彼はミュゼルという少女の命をも救ってしまった。

――そして極めつけはあの強さ。

彼は終始虫を操ってサマトを圧倒していたが、生前Bランク冒険者であったスケさんは見抜いていた。

仮にサマトが、彼の放つ虫の全てを看破《かんぱ》していようとも、結局はサマトの敗北に変わりはなかったであろうことを。

『彼は虫を使わなくともサマト牧師を倒せていた……。それが分かった上でなお虫を選んだ……』

サマトを格下と侮っていたわけではない。

最も確実な手段として、虫を選んだのだ。

獅子が兎を狩るにも全力を尽くすのと同じように、彼は虫を張り巡らせたのだ。

それはおそらく彼の矜持《きょうじ》によるもの。

彼の誇りによるもの――。

『だとすると、彼はドラゴンや魔人にさえ匹敵する最上級モンスター……いえ』

そこまで言いかけて、スケさんはその馬鹿げた妄想を振り払った。

――馬鹿な。いくらなんでもそんな神話じみた存在が、このド田舎村で人間のフリをしているはずがない。

スケさんは乾いた笑みを浮かべて、おもむろに封書を見やり――ぎょっとした。

なんと、どこで紛れ込んだのか紙魚の一匹が、封書の糊を舐め溶かしているではないか！

『あ、ちょっとこら!!　大事な紹介状になんてことを！　しっしっ！　食べ物なら他にいくらでもあるでしょう!?』

慌てて紙魚を追い払おうとするスケさん。

しかしその際、糊を舐め溶かされた封書は、手で払った時の衝撃でばらりと開いて、その中身が露わになってしまった。

『あ、もう、ちょっと！　どうするんですかこれ！　私糊なんか持って……ません……よ……？』

一応弁解しておくと、それは故意ではない。

偶然に目に入ってしまっただけだ。

書面には、こうあった。

――これは私、魔王軍四天王の一人、怪蟲神官ガガルジが、誇り高きアンデッド――スケさんの身分を証明するための書状である。

カシャリ、と音を立てて、スケさんの顎が地面に落ちた。

驚きのあまり、魔力結合が解けてしまったのである。

『か、怪蟲神官ガガルジって……魔王軍のナンバーツーじゃないですか……』

まさに開いた口が塞がらないスケさんの頭上を、天色の蝶が通り過ぎていく。

○

時は少し遡り、グルカス夫妻宅。

「ルード！　あなた、こんな時間までどこに行ってたの!?」

誰にも気付かれないよう、こっそりとドアを開け、玄関に忍び入った俺であったが、早々にクロエに見つかった。

いや、クロエだけではない、グルカスの姿もある。

「ルード!?　ルードか!?　ああ、おいお前心配かけやがって！　もう少しで村の皆に声をかけて、総出でお前を捜索するところだったんだぞ!?」

間一髪だったらしい。しかし状況は依然最悪である。

嫌な汗が頬を伝った。

「ああ、もう心配かけて……！」

「ルード！　もう夜更けだぞ!?　父さんと母さんが、一体どれだけ心配したか……！」

だらだら、だらだらと冷や汗が流れる。

詰め寄るグルカス、今にも泣き出しそうなクロエ。

二人の気迫に圧倒された俺は、ぎこちない笑みを作りながら、こう答えるしかなかった。

「ちょっと、その……昆虫採集に……」

ふと、視界の隅に俺の放った蝶——ユメマクラと戯れる、アルシーナの姿が映る。

クロエとグルカスの怒涛《どとう》のような説教を食らうその直前、俺は初めてアルシーナがうらやましいなと思った。

第三章「大勇者」

ディセンの町、その裏路地。

安酒の罎《びん》を片手に、幽鬼のごとくさまよう男の姿がある。

だらんと垂れた両腕に力はなく、そのおぼつかない足取りは、まるで見えない糸で無理やり引っ張られているかのようだ。

すれ違う者たちは、彼に蔑《さげす》みの視線を向け、嘲笑《ちょうしょう》する。

きっと相当なロクデナシだ。あの気味の悪い仮面の下は、さぞやひどい面構えをしているのだろう――と。

「……残飯にたかる蝿のように浅ましい連中が、バカにしやがって……」

男はくぐもった声で呟きながら、その場に倒れ込んだ。

浴びるように安酒を飲み、反吐《へど》をぶちまけながら気絶するように眠り、起きるとまた酒を呷《あお》る。

ここ最近はずっとそれの繰り返しで、彼にはもう目の前のものが現実なのか、それともあの時の悪夢の延長なのか、まったく判別がついていない。

あの日を境に男は信頼を失い、職を失い、そして何か決定的なものが欠けてしまった。

それもこれも全て、あの子どものせいだ。

「殺してやる……必ず……あのいけ好かないガキを……」

「――良い目をしているね、キミ」

突然に声をかけられ、男――死霊術師《ネクロマンサー》ギルゼバは、けだるげに声のした方向へ目をやった。

そこには、この薄汚い裏路地にはまるで似つかわしくない美丈夫《びじょうふ》が佇んでいる。

すらりと伸びた長身痩躯、地面に引きずるほど長い黒髪、そして腰に提げたる一本の剣。

その美貌には、妖しげな色気すら漂っている。

彼は、その美貌をにたりと歪めて。

「そんなキミに仕事を頼みたい。なあに簡単な話さ。ちょっと生き返らせてほしい奴がいるんだ」

○

――あれから一か月が経った。

俺のように悠久の時を生きる魔族にとって、一か月というのはまさに瞬きほどの一瞬の時間である……はずだった。

しかし、この一か月に関して、それは当てはまらない。

なんせ赤ん坊の成長は、たいへんにめまぐるしいのだ。

「ばあ、だ」

「ほら！　やっぱり今アルシーナが俺のことを見てパパと言ったぞ!?」

「ええ？　言ってないわよ。ねえルード」

「言ってませんね」

「言ったって！」

グルカスは俄然ムキになって、アルシーナにその髭面《ひげづら》をずいと近付けた。

こんな強面《こわもて》の男が視界の半分も埋め尽くしたとなれば、恐怖から泣き出してもよさそうなものだが……さすが次期勇者、アルシーナは肝が据わっている。

グルカスには見向きもせず、自らの小さな指をしゃぶっている。

——生後三か月だ。

首も据わり、簡単なコミュニケーションならとれるようになった。

とはいえ、こちらの呼びかけに対して笑顔になったり泣き出したりと、その程度のものではあるが——これは目覚ましい進歩である。

……まぁ最終目標が勇者ということを考えると、その道のりのあまりの果てしなさにくらりとしてしまうので、意識的に考えないようにしているが。

「こーら、グルカス？　そんなに顔を近付けたら嫌われちゃうわよ？」

「で、でも、アルシーナが俺の名前を……」

「いくらなんでもまだ早すぎるわよ。マルカさんのところの子どもは一歳になってやっと喋り始めたってぐらいなんだから」

「だってそんなこと言ってもアルシーナは賢いし……！」

「はいはい、分かったから仕事の準備をしましょう。もうすぐ時間でしょ？」

「ぐう……」

露骨にしょんぼりとするグルカスと、これを諫《いさ》めるクロエ。

傍目《はため》に見ると、母親に叱られる子どものようである。

俺がこの家に迎え入れられた当初、グルカス夫妻のパワーバランスは幾分かグルカスへ傾いていたはずだが、ここ最近でそれは逆転していた。

アルシーナが成長するにつれ、グルカスが見る見る内に腑抜けになり、反対に臆病者のクロエに度胸がつき始めたのだ。

変化がめまぐるしいのはアルシーナだけに限らない。

それを取り巻く環境も含め、である。

……そして変化があったのは、何も家族間の話だけではない。

不服そうなグルカスにクロエが上着を羽織らせてやっていた、その時——玄関先から、こんこんこん、と綺麗なノックの音が三回。

いつも通り、日が昇ってきっかり三時間ほどのこの時間。

「あらいけない、そういえばもうそんな時間ね」

クロエが小走りで玄関に向かう。

ああ、今日も今日とて……。

「——おはようございます！　クロエおばさま！」

「いらっしゃい、さあ入って入って」

玄関先から元気いっぱいのミュゼルと、それを嬉しそうに出迎えるクロエの声が聞こえる。

俺が人知れず溜息を吐いていると、グルカスはにんまりと父親にあるまじき笑みを作り、言った。

「ルードは俺に似たなぁ」

「……どういう意味ですか」

「俺も若い頃はモテたんだよ。まぁ今もモテるんだが、それ言うとクロエが怒るからな」

「…………どういう意味ですか」

「このすっとこどっこい！　天然タラシ！　こんなチビの内から女遊びなんて覚えて、ロクな大人にならねえぞぉ！」

このこの、と脇腹を肘で小突かれる。

これがあまりにもうざったいので、俺はよろけるフリをしてグルカスの左足、親指の付け根をかかとで踏みつける。

「おっと」

「いっだぁあ!?」

「ごめんなさい父さん、わざとではありません。なので一度謝れば十分ですよね」

「お前……そういうところは母さんに似てるよな……！」

うずくまったグルカスが恨みがましい視線をこちらへ向けてきたが、無視した。

そもそも血が繋がっていないのだから、どちらに似るはずもないだろう。

などとやっていたら、クロエに引き連れられ、今日も今日とて彼女は俺の前に現れた。

言わずと知れた、我らがミュゼル嬢である。

「──ルード！　今日もあそびにきてやったわよ！」

今日も今日とて、今日も今日とてだ。

サマトの一件から、なんとミュゼル嬢はほとんど毎日の勢いで、俺の家に押しかけてくるようになった。

理由は知らないが、こちらとしてはいい迷惑だ。

「……僕なんかのために今日もわざわざご足労ありがとうございますミュゼル嬢」

俺はその場に跪いて皮肉っぽく言う。

しかし、ミュゼル嬢はまだ七歳である。

そもそも七歳の子どもに対し、この手の皮肉は通じないので……、

「ふふん、よきにはからいなさい」

結局、言葉のままの意味にとられて、ミュゼル嬢は気を良くするだけだ。

「やあミュゼルちゃん、ウチのルードがいつも世話になってるね」

「ごきげんよう、グルカスおじさま」

「ははは、ごきげんよう。俺はもう仕事だから行くけど、ゆっくりしてってな」

グルカスのヤツ、外面は良い。

爽やかな笑みでミュゼルに別れを告げると、ふいに俺の耳元に顔を寄せて。

「(……俺は知ってるぞルード、ミュゼルちゃんのお母さんはとんでもなくアレがでかいんだ、小

さめのスイカぐらいある。そしてミュゼルちゃんは間違いなく母親に似るだろう。今の内にツバつけとけ)」

「……なんの話ですか」

「(馬鹿かお前は！　男が耳打ちする時は、九割がたおっぱいの話に決まって――！)」

右足の親指の付け根も、踏みつけてやった。

「だぁいっ！？！？」

「ちなみに今のはわざとですが謝りません。行ってらっしゃい父さん」

「く、くそっ、ルード……行ってきます……！」

ふらふらと部屋を出ていく色惚《ぼ》けオヤジの背中を冷めた目で見送って、俺は一つ、ふうと溜息を吐いた。

「ルードとグルカスおじさまは、いつもなかがいいのね！」

「そう見えるなら、何よりです」

「？　……まあいいわ！　あそびましょうルード！」

ミュゼル嬢の元気いっぱいの提案に、俺はげんなりとして、目線でクロエに助けを求める。

するとクロエは、こちらの視線に気付いて、何を勘違いしたのか――、

「あら、じゃあ、私はお邪魔みたいだし、洗濯でもしてくるわ」

と一言、意味深な笑みを残して姿を消してしまった。

余計なお世話、である。

「今日はなにしてあそぼうかしらね、ルード！」

内心沈み切っている俺とは対照的に、ミュゼルは今日も今日とて元気溌剌《はつらつ》であった。

○

「なぁ、ま」

「ねえルード！　アルシーナが、いまあたしのことおねーさんって言ったわ！」

「言うわけ……」

言うわけないですよ。

そう答えるのは簡単だったが、瞬間虫の知らせが働く。

「……言ったかもしれないですね」

「うんうん、アルシーナはかしこいわね」

ミュゼル嬢はすっかり気を良くされたご様子。

……最近になって、彼女の扱いに慣れてきた自分がいる。

こちらとしてはやりやすくて助かるが、しかしその一方で、魔王軍四天王の一人である俺が、人間の幼児の顔色を窺うのに慣れるというのもまた、なんというか――。

いや、深く考えるのはよそう、これは精神衛生上よろしくない……。

ところでミュゼル嬢は、かれこれ一時間ほどアルシーナにつきっきりだ。

自らの指を握らせてみたり、時折見つめ合ったり、まるで赤ん坊が二人に増えたようである。

「赤ちゃんってふしぎね。こんなに小さくて、なにもできないのに、いつかあたしたちみたいに大きくなるなんて」

「……楽しいですか？　ミュゼル嬢」

「それなりだわ」

などとすました風に言いながらも、夢中で指を握り合っている。

アルシーナがべつだん嫌がる風ではないので好きにさせているが……。毎度のことながら、よくもまあ飽きないものだ。

「ねえルード」

「なんでしょうかミュゼル嬢」

「あたし、ずっといもうとがほしかったの」

ミュゼルはアルシーナの頬を指でつつきながら、しみじみ言った。

「だっていもうとができれば、まいにちお話ができるわ」

「……そうですね」

「おしゃれのお話とか、まだ見たことのないとかいのお話とか……きになる男の子のお話とか。あたしのいもうとだもの、きっと話があうわ。でもおんなじ男の子をすきになったりしたら」

そこまで言ってから、ミュゼルはおもむろにこちらへ振り返った。

そしてそのまま、値踏みでもするように俺のことを見つめると、

「……ゆゆしきじたいね」

何やら神妙な顔で呟いた。

想像力豊かなお嬢さんである。

「でも、やっぱりすてきだと思うわ、いもうとがいたら」

「ミュゼル嬢が思っているほどいいものじゃないかもしれませんよ。大変なことも……」

「――アルシーナは、どんな大人になるのかしら」

ミュゼルが何気なく言った言葉に、俺はぴたりと固まってしまう。

当のアルシーナはミュゼルの指を繰り返し、確かめるように握り、そしてミュゼルは、どこか夢見心地にそんなアルシーナを眺めていた。

「びじんさんかしら、おしゃれさんかしら、それともあたまがよくなる？　クロエおばさまににて、とってもスリムでやさしいおかあさんになるのかもね」

「……もしそうなら、俺も助かるんだけどな」

「？　ルード、いまなにかいった？」

「いいえ、何も」

俺はかぶりを振った。

魔王ギルティア様の言っていたことが正しければ、アルシーナは勇者である。

世界の意思、通称『勇者システム』によって選出された、世界で唯一勇者としての資格を持つ者。

勇者としての能力に覚醒するのがいつになるかは分からない。

十年後か、二十年後か……まるで見当もつかないが、確実に資格は与えられているのだ。

——そして勇者は、必ずや魔族の脅威となる。

それはすなわち、いずれ魔王軍四天王の一人である俺と対立するであろうということ。

(……方針を固めなくてはいけないな。今後アルシーナをどうするべきか)

俺は横目でアルシーナを見やる。

アルシーナは実に呑気なことに、ミュゼルの指を握ったますうすうと寝息を立てていた。

「あら、ねちゃったわ」

「……きっと遊び疲れてしまったのでしょう」

ミュゼルはそのまましばらくの間、アルシーナに指を貸していたが、やがてその手の力が緩んだのを見るなり、ゆっくりと手を引き、そして——。

「じゃ、つぎはあたしたちがあそぶばんね！」

ああ、そう来ると思っていたよ、ちくしょう。

「あ、遊ぶと言っても、ほら、アルシーナの面倒を見る人が……」

「——あら、アルシーナなら私に任せて、行ってきなさい」

振り返ると、いつの間にかクロエが後ろに佇んでいて、にっこりと微笑みかけてきていた。

毎度毎度、彼女は間が悪すぎる！

「というわけでいくわよルード！」

逃げる暇も、考慮する暇もなかった。

問答無用である。

俺はミュゼルに強引に腕を引かれながら〝せめて今日は何事も起こらず、早々に解放されますように〟と願った。

○

願った。願ったはずなのだが、よくよく考え直してみれば、虫たちに神はいない。

これは先日、俺自身が言ったことである。

そのせいだろうか。そのせいなのだろうか。

家を飛び出し、いつも通り『夜の森』へと立ち入った俺たちが、早々に木立の陰に隠れた彼女を発見してしまったのは。

「る、ルード……これって、まさか……し、しし……!」

慌てふためくミュゼル。

その視線の先には、木々の根元で力なく身体を横たえた一人の女性の姿がある。

世にも珍しい銀髪とコントラストをなす茶褐色の肌、近くには彼女のものとおぼしき長剣が転がっている。

先述の、浮世離れした見てくれもさることながら、目を見張るような美貌の持ち主だが——しかし、何よりも目を惹《ひ》くのは、つんと尖《とが》った耳である。

「……これは珍しいですね」

俺は横たわる彼女のすぐそばに腰を下ろして、彼女の顔を覗き込んだ。

かすかだが、呼吸はしている。

そして、虫たちのいやにはしゃぐような振る舞いを見て、確信した。

「彼女、ハーフエルフです」

歳の頃は十六歳ぐらい……いや、ハーフエルフの外見などアテにならない。

エルフは人間の数倍もの年月を平気で生きる。まじりものの彼女もまたしかりであろう。

……まぁ彼女に関しては、今まさにその長い一生に幕を下ろそうとしているわけだが。

「そのおねーさん、し、しし、しんでないのよね……!?」

「ええ、ですがもうじき死にます」

慌てふためくミュゼルの問いに、俺は至極淡々と答えた。

幼いミュゼルはいよいよ泣き出しそうである。

俺は、ハーフエルフの彼女を観察した。

全身に細かい傷がいくつもあるが、これはおそらく『夜の森』へ逃げ込んだ際にそこらの背の高い草で切っただけだろう。もちろんこれが原因ではない。

それ以外では特に目立った外傷もないが、しかし衰弱が激しい。虫の息というやつだ。

まるで、身体の内側から生命そのものを貪り食われているかのような……。

「……虫を仕込まれたな」

「む、虫……？」

「比喩です。何者かに体内へ直接術式を刻まれている」

「わからないわ……！　もうちょっと、わかりやすく……」

「呪いを受けてます。それもかなり悪質なものを」

ハーフエルフのうっすらと筋肉のついた腹へ、手を這わせる。

……ふむ、お粗末な出来だが強力だ。

まったく、どこの誰に仕込まれたのかは知らんが、こんな雑な術式、決してプロの仕事ではない。

「お、おとなをよんでくるわ！」

「お待ちくださいミュゼル嬢、この呪いを解ける人間は村にいません……。それに、この調子だと誰かが駆け付けるまでの間に、この女性は確実に死にます」

「そんな……！　どうすればいいの!?」

どうすれば……か。

俺はわしわしと頭を掻く。

しつこいようだが、俺にとって人間がどうなろうが知ったことではない。

それはもちろんハーフエルフだって例外ではないのだ。

俺一人なら確実に見捨てただろう。

だが、厄介なことに……。

俺はちらとミュゼルを見やる。

彼女は両目に涙を浮かばせて、何か懇願するような眼差しをこちらへ向けてきている。

まったく、普段あれだけ人を人とも思わぬ横暴な振る舞いをしているくせに、やはり本質的に彼女は善良な人間なのだ。

「おねがいルード……！」

見ず知らずのハーフエルフを助けてくれ、と涙まで流すのだから。

……アルシーナにミュゼル。

子どもというのは厄介事ばかり持ってくる。

俺は一つ大きな溜息を吐き出した。

「……ではミュゼル嬢、一つ手伝ってもらえますか」

「あたしにできることなら……！」

「──両目を瞑《つむ》って、耳を塞いでください。めいっぱい」

「え？」

「早くしないと彼女が死にますよ」

「わ、わかったわ！」

ミュゼルは慌ててぎゅっと目を瞑り、両耳を圧《お》し潰《つぶ》さんばかりに塞ぐ。

俺はそれを確認すると、ハーフエルフの彼女の僅かに開いた口の中へ、人さし指を差し込んだ。

そして──、

「引きずり出せ、ムシクダシ」

彼の名前を呼ぶのと同時、俺の指がちぎれて一匹の虫となり、彼女の口中へと潜り込んでいった。

ムシクダシは凄まじい速さで喉を通過、食道を潜航し、体内へ侵入。

それから僅かな静寂の後、死の間際にあった彼女がかっと両目を見開く。

「うぷっ……!?」

ハーフエルフは目を覚ますなり、胸の辺りを押さえると、見る見る内に顔を青ざめさせ……、

「――う、げえぇっ！」

そして、ほんの少しの胃液とともに、それを吐き出した。

黄色と緑のマーブル柄で、豚の胆嚢《たんのう》にも似た、スライム状の魔法生命体である。

「……出たな。ふう、思っていた通り気色の悪い色をしている」

「る、ルード!? なにをやってるの!? へんなこえがきこえたわ!?」

「ああ、ミュゼル嬢。決して目を開けてはいけませんよ、耳も塞いで」

「あ、ご、ごめんなさい！」

ミュゼルが更にぎゅっと目を瞑るのとほぼ同時に、胆嚢スライムが飛び上がった。

狙いは俺の口中。

突如として宿主を失い、次なる宿主として俺を選んだのだろう。

やはり単細胞生物だ、虫たちの方がよっぽど賢い。

「身の程知らずが」

俺はあえてめいっぱい口を開いて、ヤツを迎え入れてやった。

胆嚢スライムは嬉々として俺の口内に潜り込み、喉を通ろうとして、しかし固まった。

ようやく気付いたらしい。

「どうした？　泣きっ面に蜂という気分か？　食われるのはお前だ」

しかしもう遅い。

俺はためらう彼の背中を押すように、ごくりと口の中のそれを嚥下《えんげ》した。

すると、俺の身体を形作る数万の虫たちが歓喜にざわめき、思い思いに胆嚢スライムを食いちぎり始める。

抵抗する隙も与えない。ものの数秒で静かになった。

腹の虫たちは、少々不服そうである。

「やはり怒っているな……。今度エール漬けにした果実をくれてやるから、それで勘弁してくれ」

言い聞かせると納得したのか静かになった。

果物の酒漬けは、彼らの大好物である。

俺はちぎれた指を他の虫たちに新しく作り直してもらいながら、（果物はともかく、エールを都合するのは面倒だな……）などと考えて、一人げんなりしていた。

「終わりましたよミュゼル嬢」

「……っ」

「？」

返事が返ってこないので不思議に思って見てみれば、ミュゼルは両目両耳を塞いで、顔じゅうを真っ赤にしている。

どうやら息まで止めていたらしい。律儀と言うかなんというか。

「もしもし、終わりましたよ、ミュゼル嬢」

見るに見かねて肩を叩くと、彼女は「ぷはあ」と大きく息を吐き出し、そして呼吸を整え出した。

「し、しぬかとおもったわ……」

「ミュゼル嬢が死んだら意味ないでしょうに」

「そうだわ！　あのおねーさんは!?」

「見ての通り」

ハーフエルフの彼女は一度目を覚ましたものの、どうやら再び気を失ってしまったらしい。

しかし先ほどまでと違い、呼吸は穏やかである。

体力は消耗しているようだが、この分なら間もなく快復するであろう。

「ああ、よかった！　ルードってほんとにすごいのね!?　のろいまでとけちゃうんですもの！」

「……隠れて勉強したんです。内緒ですよ」

「わかったわ！　ないしょね！」

今度は興奮したように口を塞ぐミュゼル。

見ず知らずの人間が助かって、そんなにも喜ばしいものなのか。

俺には理解しがたい概念である。

（……しかし気がかりだ）

俺は、ハーフエルフの彼女をちらと見やり、そして先ほど虫たちに食わせた胆嚢スライムのことを思い返していた。

（こんな粗末な呪い、間違いなくプロの仕事ではない。力技が過ぎる……）

推測するに、彼女へ呪いを植え付けたのは専門の呪術師などではない。

何者かが実験的に、彼女へ呪いを植え付けたと見るのが妥当だろう。

気がかりなのは、見た目に反して強力すぎることだ。

（魔力の質を見れば分かる。この呪いを施した者は、Aランク冒険者……いやSランク冒険者級の実力の持ち主だ）

Sランク冒険者——それはすなわち俺たち魔王軍四天王に匹敵するほどの強者ということである。

彼女が何をやらかしてそんな強者の標的にされてしまったのかは知らないし、興味もないが、この周辺にそんな輩《やから》が存在するというのは、きわめて危険である。

もしや俺の正体がどこからか漏れたか？　いやそんなはずは……。

（いざとなれば、虫たちをいくつか周辺の監視に当たらせることも……）

「じゃあルード、はこびましょう」

「ええ、そうですね……ん？」

考え事をしていてミュゼルの言葉に適当に相槌《あいづち》を打ってしまったが、彼女は今なんと……？

「だからあ」

見ると、ミュゼルはハーフエルフの肩に手を回して——、

「はこびましょう、おうちまで。こんなところにねかせておけないわ」

くらり、と眩暈がした。

子どもというのは、どうしてこうも厄介事が好きなのだ……。

○

場所は変わって、ここはグルカス夫妻宅。

日も暮れて、グルカスが仕事から戻ってくるこの時間、俺たちはいつも通りに食卓を囲んでいた。

ただ二つほどいつもと異なる点がある。

一つ、今日の食卓にはミュゼルの姿がある。

二つ、我らが食卓に並べられたクロエの手料理の数々が、見る見る内に、銀髪の美女の口の中へと吸い込まれていくことだ。

「嘘だろ……」

誰もが自らの空腹さえ忘れ、食事の手を止めて彼女を見ていた。

本来汁物に浸してふやかさないことには歯も立てられない黒パンが、まるで砂糖菓子か何かのようにたやすく噛み砕かれて、彼女の口の中へ収まっていく。

熱いスープは器を傾けて水のように飲み干し、間髪入れずにふかした芋を頬張る。

食べ終えたと思ったら、いつの間にか次の料理に手をつけている。

先ほどまで死にかけていた人間の食欲とは思えない。

そもそもあの細身のどこに、あれだけの食い物がしまわれていくのか。

「(おっぱいだ、おっぱいだぞ、ルード)」

……こちらの考えを見透かしているのか、グルカスが耳打ちをしてきた。

彼の目は、食事中の彼女の揺れる豊かな胸部に釘付けになっている。

「……お父さま、彼女の胸がなんですって!?」

「おまっ、ルード!? 馬鹿こら!!」

「まだまだあるからいっぱい食べて頂戴。ほら、こっちのスープもどうぞ」

「く、クロエ! それは俺の……!」

無言で見つめ返すクロエに、グルカスは途端に顔を青ざめさせる。

よし、これで少しは静かになるだろう。

と思っていたら、今度はミュゼルが耳打ちをしてきた。

「(すごくいっぱい食べるのね、あのおねーさん……。さっきまでしにかけてたなんて思えないぐらい……)」

「──いや、本当に死にかけていたとも、そこの可憐なお嬢さん」

「ひゃっ!?」

まさか聞こえていたとは思わなかったのか、銀髪の彼女の返答にミュゼルはびくりと身体を震わせる。

彼女は、綺麗になったグルカスのスープ皿を置いて、改めてこちらに向き直った。

まるで宝石をそのままはめ込んだような、透き通った碧眼《へきがん》である。

「君たちが介抱してくれなければ私は間違いなく死んでいた。感謝してもしきれないよ、ありがとう」

「ど、どうも……」

ぎこちない会釈をして、俺の陰に隠れてしまうミュゼル。

……最近分かったことだが、ミュゼルは意外と人見知りである。

「それに、こんな美味しい料理まで……。ご婦人はさぞや名のある料理人なのだろう」

「あらお上手。息子はともかく、主人はあまり褒めてくれないもので張り合いがなかったんです。黒パンもどうぞ」

「く、クロエ、それは俺の……いや、なんでもないです」

グルカスは無言の圧力に負け、自らの皿を差し出した。

「ありがたくいただこう」

彼女も彼女で容赦がない。

しかし、いつまでも彼女の大道芸じみた大食いを眺めているだけ、というわけにもいかないだろう。

ここは俺が話を進めることとした。

「不躾ですが、あなたが腰に提げている剣、かなりの業物《わざもの》ですね」

「おお、君はなかなか良い目をしている。いかにもそうだ」

「それに身体も鍛えているようですし、さぞや名のある冒険者様でしょう……。お名前をうかがっても？」

そこで銀髪の彼女は驚いたように両目を見開き、じっとこちらを見つめる。

「……何か？」

「いや、なんというか、随分と子どもらしくない子どもだなと……。失敬、これは失言だった。では改めて……」

銀髪の彼女は、一度ごほんと咳払い。

そして凛《りん》とした声音で名乗った。

「──私の名前はシャロン。シャロン・ヘルティア。Bランク冒険者だ」

「まぁ、Bランクですって、こんなにお若いのに！」

「そいつはすごいな、美人の上に強いなんて……」

よせばいいのに余計なことを言ってクロエに睨みつけられるグルカスはともかくとして、俺は驚愕していた。

彼女のランクにではない、彼女が名乗ったその名前に、である。

「──大勇者ルグルス・ヘルティアの関係者ですか」

俺の発言でクロエとグルカスがこちらへ振り返り、そして弾かれるようにシャロンへ視線を戻した。

シャロンは、自らもまた驚いたような表情でこちらを見つめ返している。

「驚いたな少年……。その鋭さはちょっと怖いぞ」

「え、じゃあもしかしてあなた……!?」

「まぁ隠すことでもないからな」

シャロンはいかにもばつが悪そうに、頬をぽりぽりと掻きながら。

「そう、私の父はかつて魔王軍四天王の一人に討たれたという、前勇者ルグルス・ヘルティアだ」

「なっ……!?」

グルカスとクロエ、そして俺の背中に隠れたミュゼルがあんぐりと口を開け、言葉を失った。

一方俺はといえば、最悪の予感が見事的中し、今にも逃げ出してしまいたい気持ちである。

「ま、マジかよ!?　大勇者ルグルス様の!?」

「あ、あああ……！　ご、ごめんなさい！　こんな粗末な料理を……！」

一転してグルカス夫妻は大パニックだ。

ミュゼルに至っては、未だ目の前の現実が受け容れられずに呆けている。

なんせ目の前の少女はあの、御伽噺にすら語られる伝説の勇者の娘であるのだから。

一方で、くだんの伝説の勇者の娘は、きわめて居心地悪そうな表情だ。

「や、やめてくれご両人！　そんなにもかしこまらずとも……！」

「ですが……！」

「聞いてくれ！　ヘルティアの姓を名乗ったのは決して偉ぶりたいからではない！　あえて隠すな

どして、偉大なる父上への敬意を曇らせたくなかっただけだ！」

シャロンがそこまで言うと、ようやくグルカス夫妻は落ち着きを取り戻した。

彼女は、ふうと一つ溜息。

「……素晴らしいのはあくまで私の父上で、私自身はまだなんの功績も残せてはいない。事実、その彼らが私を救ってくれなければ、人知れず死んでいたわけだしな。なあ少年？」

……何故こちらに振る。

「特に何もしておりません。ただ行き倒れていたあなたを介抱して、ここに送り届けたまでです」

「……うーむ、君はどうも可愛げがないな。そんなにも可愛らしい顔をしているのに」

「どうも」

そっけなく答えて目を逸らすとグルカスとクロエと目が合った。

何か言いたげにこちらを凝視していたが、あえて気付かないふりをする。

「なんにせよ助かった……。これはほんのお礼だ、受け取ってくれ」

そう言って、シャロンは俺に麻袋を手渡してくる。

ずしり、と両手にのしかかるそれなりの重量。

グルカスとクロエが、ぎょっと目を丸くする。

「……これは？」

「言っただろ？　ささやかなお礼だ。あいにく手持ちはそれしかなくてな、許してくれ」

「受け取れないです」

「受け取ってくれないと私が困る。じゃあ世話になった、私は行くよ。可愛らしい少年少女よ」

そう言ってシャロンは深々と礼を一つ。

最後にどこか冗談っぽくひらひらと手を振って、呆気にとられるグルカス夫妻のそばを通り抜け、そのまま家を出ていってしまった。

残ったのは静寂……。まるで嵐のような女性である。

「……」

誰もが状況を正しく理解できず立ち呆ける中、ふいに、麻袋の緩んだ口から黄金色のそれが覗く。

「き・ん・か……」

ミュゼルがぼそりと呟いた、その次の瞬間のことである。

それまで彫像のごとく固まっていたクロエが、いつもの温厚な彼女からは考えられないほど俊敏な動きで家を飛び出した。

「し、しまっ――！」

思わず声に出してしまったが、時すでに遅し。

俺は慌てて窓を開け放ち、すでに薄闇に包まれた外の様子を眺め見る。

クロエは善良な小市民である。

なれば俺は、さっさと麻袋の口を締めてしまうべきだったのだ。

クロエがこんなにも法外な〝ささやかなお礼〟を目にすれば、どういう行動に出るか分かり切っていただろうに――！

――う、うわっ⁉　ご婦人⁉　な、何を……⁉

――受け取れません！　ルグルス様のご息女から、こんな大層なお礼は受け取れません！

――し、しかし……！

――どうしてもと言うのなら、ウチに泊まっていってください！　今夜はもう暗いので！　宿も取っていないのでしょう⁉

――だが、それでは迷惑が……！

――かかりません‼

家のすぐそばでクロエから羽交い絞めにされ、ものすごい剣幕で迫られるシャロンの姿を目にし、俺は頭を抱えた。

一応おさらいしておこう。

大勇者ルグルス・ヘルティア。

三人の仲間を従え、破竹の勢いで魔王軍の尖兵をことごとく打ち倒すも、魔王軍四天王に惜しくも敗れた伝説の勇者。

彼女はその娘――すなわちルグルスを討った俺は、彼女にとって親の仇《かたき》だ。

「どうして、こんなことに……」

クロエによる必死の説得に負け、どうやらウチに泊まることに決めたらしいシャロンの姿を眺めて、俺は自らの絶望的な不運を呪った。

○

その夜、ミュゼルが門限に従い家に帰った後の話。

俺、クロエ、グルカスの三人で緊急家族会議が開催された。

議題はもちろん〝急遽《きゅうきょ》ウチに泊まることになった前勇者の娘、シャロン・ヘルティアの寝床について〟である。

まず前提として、我らがグルカス夫妻宅には寝室が二つある。

一つはグルカス夫妻の寝室。アルシーナもここで眠る。

もう一つは俺専用の寝室である屋根裏部屋だ。

本来は俺もグルカス夫妻の寝室でともに眠るはずだったのだが、俺が断固拒否し、単なる物置となっていた屋根裏部屋を寝室として開放したのだ。

たかが屋根裏部屋と侮るなかれ。俺とクロエの必死の努力により、今ではちょっとしたものである。

適度に湿気があり、虫たちも大満足の一室だ。

……話が脱線した。

ともかくグルカス夫妻宅に寝室は二つ、ベッドも二つ。

となれば問題になるのは〝シャロンはどこで眠るか〟である。

クロエの意見。

「――私は、シャロンさんには寝室を使ってもらって、私たちが屋根裏部屋で寝るべきだと思う」

元勇者様の娘を、屋根裏部屋なんかで眠らせるのは無礼千万である、とも付け加えた。

「俺もそう思う」

うんうん、とそれらしく頷くのはもちろんグルカスだ。

とはいえ俺もそれがベストだと思う。

グルカス夫妻と同じベッドで眠るのは不本意だが、そうするほかあるまい。

満場一致で可決。

早速俺が当のシャロンへこれを伝えに行くと――。

「――すまないが、突然転がり込んできた私が家主たちを屋根裏部屋へ追いやって、一人だけ寝室で眠るわけにはいかない。もしどうしてもと言うなら床で眠ろう」

暇をもてあましたシャロンは、アルシーナと遊びながらおおむねそんなことを言って、こちらの提案をばっさりと切り捨てた。

再審議である。

再びクロエの意見。

「……じゃあ心苦しいけど、ルードが寝室に移動して、シャロンさんには屋根裏部屋で眠ってもらいましょう」

「俺もそう思う」

うんうん、とそれらしく頷くグルカス。

彼女が俺の城へ踏み入ってくると思うともちろんいい気分はしなかったが、ぐっと堪えた。

背に腹は代えられない。

満場一致で可決。

今回もまた俺が当のシャロンへこれを伝えに行くと——。

「——すまないが、こんな子どもを部屋から追い出して眠るというのはいささか……。床で寝よう」

アルシーナにヘタクソな「べろべろばあ」を披露していたシャロンは、一転して凛とした顔でこちらの提案を斬り捨てた。

俺の作り笑顔が思わずひくつく。

……お前は、なんだ？

床から生まれたのか？　そんなに床が好きなのか？

少しは空気を読んでくれ！

お前がどちらかの条件を呑んでくれなければ、このバカげた会議は終わらないのだ！

俺は魔王軍四天王の一人、怪蟲神官ガガルジ！　そして今は極秘任務の真っ最中だ！

〝客人にどの部屋を貸すか〟なんてどーでもいい論議にかまけるような男ではない——！

「——というか少年、私と君が、屋根裏部屋で寝ればいいだろう？」

「はっ？」

あまりにも突拍子のないバカげた提案に、俺は僅かな間、思考を停止させてしまった。

シャロンは、腕の中のアルシーナをあやしながら「だからな」と続ける。

「私と君が屋根裏部屋で寝ればいい、ご夫妻はいつも通り寝室、少年もいつも通りに屋根裏で、なおかつ私も床で寝ずに済む。双方に好都合だろう？」

「ばっ……！」

馬鹿か!?　俺になんの得がある!?

思わず口から出かけたが、なんとか呑み込んだ。

どちらにせよそんなふざけた提案が通るわけない、そう思って報告へ戻ったところ――。

「……シャロンさんがそう言うなら仕方ないわよね、うん」

「は!?」

クロエの言葉に、俺は思わず耳を疑ってしまった。

仕方がない、仕方がないと言ったのか!?

「しゃ、シャロンさん直々のお申し出なら無視するわけにはいかないしね。うん、仕方ないわ……」

「まさか母さん、僕に丸投げするつもりで……!?」

「さあ、そうと決まれば明日の朝御飯の仕込みをしなくっちゃ。明日も早いから、うん、うん……」

「母さっ……！」

話は纏まった、といった具合にそそくさとその場を後にするクロエ。

途方に暮れる俺の肩に、グルカスがぽんと手を置いた。

「うらやましいぞルード、おっぱいじゃないか」

思いっ切り両足を踏みつけてやった。

○

「ほう、これはなかなか、秘密基地のようでわくわくするな」

俺の唯一の安息地――すなわち屋根裏部屋へと踏み込んだシャロンはじつに能天気に言った。

俺は愛想笑いを返しながら、内心気が気でないのを悟られまいとしていた。

この狭い屋根裏部屋に、シャロンがいる。

他でもない、俺がかつて手にかけた大勇者ルグルス・ヘルティアの娘が、だ！

ついていないどころの騒ぎではない、最悪だ！

もしも何かの間違いで彼女に正体がバレてみろ。十中八九、全てが水の泡である！

「どうした少年？　遠慮などしなくてていいのだぞ」

などとやっていたら、シャロンはいつの間にか俺のベッドに腰をかけていた。

お前は少しぐらい遠慮しろ！

などとは当然、口が裂けても言えるはずもなく。

「ど、どうぞお構いなく……」

自分の部屋なのにそんな台詞まで吐いてしまう始末だ。

屈辱である……。

あまりの情けなさに溜息の一つでも吐きそうになっていたところ、シャロンは何がおかしいのか

「ふふ」と微笑んだ。

「君は、あれだな、若いのに苦労人だな」

他でもない、今まさに苦労を振りまく元凶がよくも言えたものである。

「……そんなことありませんよ、苦労なんて知りません」

「謙遜するところもまたな。君は子どもらしくない」

「いけませんか」

「いいや、いい意味でだよ」

シャロンはいかにも思わせぶりに笑って、そして、

「改めて礼を言いたい。助かったよ。君はあえて彼らに呪いのことを伏せてくれたね」

「……なんのことですか」

「はは、少しは誇ってくれ。呪いを解いてくれたのは君だろう？」

「……」

「答えたくないのなら深く詮索はしない。何か事情があるのだろうな。しかし本当に助かったのだ」

「……呪いを伏せたことがですか」

「そうだ、クロエ殿やグルカス殿のように善良な人間を巻き込むわけにはいかないからな」

「……何があったのか聞いても？」

彼女はちら、とこちらの表情を窺って、それから一つ嘆息した。

「知っての通り、私の父ルグルス・ヘルティアは勇者であった。そして自らの天命に従い魔王討伐

の旅に出たが、道半ばにして魔王軍の最高幹部の手にかかり殺されてしまったのだ」

「……寝物語に聞いたことがあります」

本当は俺がルグルスを討った張本人だが、とりあえずそういうことにしておく。

「ルグルスの一人娘であった私は、父の遺志を引き継ぐべく武者修行の旅に出た。そしてその道中でヤツらに襲われたのだ」

「ヤツらとは？」

「不気味な……得体の知れない二人組だ」

自分で気付いているのかいないのか、シャロンの握りしめた拳は震えていた。

「自分で言うのもなんだが、私は自らの剣の腕にはそれなりに覚えがある」

「それは、分かります」

腰に提げた業物や隙のない立ち居振る舞いもさることながら、彼女はBランク冒険者だ。

Bランク冒険者といえば、冒険者ギルドにおける上位10%。

低級のものなら悪魔や竜ですら相手取れる、掛け値なしの強者である。

「しかし、ヤツらは強かった……。いや、ヤツというよりは片割れの女が、だな。まるで歯が立たなかった」

「……シャロンさんを圧倒するとなればAランク冒険者ですかね。となればそれなりに名も知れてると思いますが、心当たりは？」

シャロンはふるふると首を振った。

「分かったのは彼女が魔術師であるということだけだ、顔は、その……」

「なんです」

「――隠れていたのだ、仮面で。だから分からない」

仮面、のワードに虫たちがぴくりと反応する。

「……それはまた不気味ですね」

「不気味なのはそれだけじゃない。彼女は様子がおかしかった。彼女からは、なんだか自分の身体の動かし方に慣れていないような、そんな印象を受けたのだ」

「身体の動かし方に、慣れていない……」

「……まあそんな者に負けてしまった挙句、呪いまで植え付けられて、情けない限りだが」

シャロンはどこかバツが悪そうに自嘲する。

一方で俺は思案していた。

仮面、そして様子のおかしい二人組。

まさか、まさかな……。

――そんな時である。

突如、全身を浮遊感が襲う。

何事かと思えば、俺の身体はシャロンによって、高々と抱え上げられていた。

「なっ――!?」

あまりにも突然すぎる出来事に思考が停止する。

シャロンは無言のまま、こちらを見つめていた。

まさか正体がバレた⁉　このタイミングで⁉

やむを得ん、始末するしか――！

我に返った俺は、慌てて懐から香炉を取り出そうとする。

しかし彼女はその動作に先んじて動き出し、次の瞬間――抱きしめられた。

「なっ」

豊かな乳房を顔面に押し当てられ、再び思考が停止する。

何が起きたのか分からない、分かりたくもない！

しかしそんな思惑とは裏腹に気付いてしまう。

俺の頭の形をなぞる肌の感覚――俺はまさか今、頭を撫でられているのか⁉

「悪いな少年。少年が聞き上手なものだから、ついつまらない話をしてしまった。お詫びに頭を撫でてやろう」

「む――っっ！！！？」

何をトチ狂ってるんだ⁉

全力で抗議しようとするが、乳房によるいっそ暴力的なまでの圧力に負けて声が出せない！

せめてもの抗議として、この拘束から抜け出そうと暴れるが、すぐに押さえ込まれてしまう。

「こらこら恥ずかしがるな。せめて今日ぐらいは大人ぶるのをやめて、私を姉だと思って存分に甘えるといい、よしよし」

恥ずかしがっている？　違う！　全力で拒絶しているのだ！

くそ、何を勘違いしているんだこの女は！

大人ぶっているのではない、実際にお前よりもずっと年を重ねているのだ！

不敬！　不敬だ！

俺は魔王軍四天王の一人！　怪蟲神官ガガルジ！

決してこのような扱いを受けるような男では――。

「何を隠そう私は大の子ども好きでな……。お姉ちゃんと呼んでくれ」

「むううううううっ!!」

俺の必死の懇願は言葉にならず、屋根裏部屋に虚しく響いた。

○

真夜中、シャロン・ヘルティアはゆっくりと覚醒した。

いや、覚醒したと言うのは少し語弊がある。

何故ならば、彼女には初めから眠るつもりなど毛頭なかったからだ。

シャロンは、そこでようやく腕の中で眠るルード少年を解放する。

何故かうなされているようだったが、しかし寝顔を見る分には年相応の、ただの少年であった。

「……色々と迷惑をかけたな、少年」

シャロンはぼそりと呟いて、彼の頭を撫ぜる。

ふんわりとした栗色の頭髪は実に撫で心地が良い。このまま去るのは後ろ髪を引かれる思いだったが、なんとか堪えた。

彼女には行かねばならない理由がある。

「巻き込むわけには、いかないからな」

そう独りごちて、シャロンはルードを起こさないようじつにゆっくりとベッドから抜け出した。

それから、元よりさほど多くなかった荷物を纏め、窓枠に足をかける。

――満月だった。

「世話になったと直接伝えられなかったのが心残りだが、許してくれ……。さらばだ」

彼女は最後にそう言い残して、夜の闇へと身を投じる。

そして彼女が去ってしばらくした後、ルードはおもむろに寝返りを打って――、

「ぷっ」

口からごく小さな何かを吐き出した。

吐き出されたそれは、硬質な音を立てて床を跳ねる。

それは昼間、シャロンの体を蝕んでいた魔法生命体の、その欠片《かけら》であった。

「……」

虫たちの単なる食い残しではない。

それは虫さえ食わない、嫌らしい術式。

術式の作用は、対象の位置の追跡――。

「……ルグルス・ヘルティア、アンタの娘がたった今、死にに行った」

ルードはごろりと仰向《あおむ》けになって、何もない天井を見上げながら呟く。

しばしの静寂。

「……ま、俺には関係ないけどな。やっとベッドが広くなったよ」

そう言って、ルード少年は一つ大きな欠伸をすると、ようやくまどろみに落ちた。

○

シャロン・ヘルティアは、月下を風のごとく駆けた。

向かう場所は、呪いに侵されたシャロンが命からがら逃げ込んだ例の場所――『夜の森』である。

(少年がどんな手段で呪いを解いたのかは知らないが、追跡の反応が途切れているとすれば、間違いなくあそこだ)

シャロンはさらに加速し、風となって草原を駆ける。

彼女の脳裏には、数刻前、突如現れた〝ヤツら〟の顔が浮かんでいた。

二人組の男女だ。

一人は仮面をかぶった魔術師の女。

もう一人は一切戦闘に参加せず、これを眺めていた仮面の男。

魔術師の女は強かった。

相対した瞬間、シャロンは文字通り格の違いを思い知らされた。

しかしシャロンは思う。

真に恐ろしかったのは、あの仮面の男であると。

――これから君に呪いを植え付ける。決して解けない呪いだ。

――君はこれからじわじわ苦しんで死ぬこととなるだろう。だけど、苦痛のあまり自らを傷つけ、自死を選ぶような真似だけは慎んでいただきたい。

――後で使うからね、なるべく綺麗なまま死んでくれ。

魔術師に捕まり、体内へ呪いを流し込まれるシャロンを見下ろして、仮面の男はそう言った。

その時、シャロンは絶望に染まった瞳で、見たのだ。

仮面で隠し切れないほどの、あの男の憎悪、憤怒、狂気――。

気が付くと、シャロンは逃げ出していた。

追手はなかった。きっと追跡の術式も組み込んでいるのだろう。

まぁ、その呪いを解ける者など見つかるはずがないという、確固たる自信もあったのだろうが。

呪いに蝕まれ、意識朦朧《もうろう》としたシャロンは、気が付くと森にいた。

シャロンの身体に流れるエルフの血が、せめて自然の中で命尽きることを望んだのか、それとも『夜の森』が帯びた魔力に惹かれたのか……。

それは定かでないが、ともかくシャロンは死に場所として『夜の森』を選んだのだ。

シャロンには望みがあった。

誇り高き大勇者ルグルスの娘として、世のため人のために剣を振るうこと、彼の遺志を継ぐこと、次なる勇者の助けとなること。

すなわち、次なる勇者を見つけ出し、勇者パーティの一員となることであった。

そのためにシャロンは剣の腕を鍛えた。

父ルグルスの剣技を受け継ぎ、来る日も来る日も剣を振り、魔物を斬り続けた。

弱音は吐かなかった。逆境は笑い飛ばした。

父ルグルスがそうしていたからだ。

その努力が認められ、シャロンはつい先日Bランク冒険者として認定される。

父ルグルスの率いる勇者パーティの面々はSランクだったというから、道のりは険しいが、しかし確実に一歩近付いたのだ。

希望が見えた。光が見えた。

しかし、それは呪いにより後悔の二文字へ変わろうとしていた。

鍛えた剣も、耐え続けた日々も、全てが無為となる。

絶望……。彼女の胸に満ちたそれは他に言い表しようがなかった。そんな時に、彼が現れたのだ。

ルード少年。

彼はいかなる手段によってかシャロンの身体を蝕む呪いを取り除き、再び光を見せてくれた。

その時のシャロンが、一体どれだけ彼に感謝したのか、きっと誰も正しく理解してはいまい。

ともかく、シャロンは今一度、僅かばかりの生を拾った。

それで十分だった。むしろ長すぎるぐらいだった。

死地へ赴く覚悟を固めるには――。

(少年、私は本当に感謝しているよ)

森が見える。

薄闇の中、シャロンは目を凝らす。

(君のおかげで、私は無様にも逃げ延びた臆病者としてでなく、勇者の娘として死ぬことができる)

暗闇の中に人影。

シャロンは鞘《さや》から愛剣――〝火竜の息吹〟を抜き、そして彼らの前に立ちはだかった。

月明りに照らされて立つ、不気味な仮面の二人組の前に。

「……急に反応が途切れたので、どうして呪いが解けたのかと首をひねっていたのだが」

仮面の男はシャロンの顔すら見ずに言い、くく、と一度笑った。

「ちなみに後学のため、どうしてわざわざ死にに戻ってきたのかを尋ねてもいいかな?」

男が振り返る。

仮面に開いた穴から覗く、濁り切った眼。

シャロンの胸中で、あの時の恐怖の残滓が膨れ上がる。

しかし、彼女はそれを抑え込んだ。

「私はシャロン・ヘルティア、大勇者ルグルスの娘。それで十分だ……。あと、何故死にに戻ったと決めつける？」

そこでシャロンは、ぎん、と眼光を鋭くした。

「私はお前たちを、確実に仕留めるため舞い戻ったのだ」

「……万事、問題はなし。それにしても仕留める、ときたか。これはこれは」

仮面の男は肩を小刻みに震わせ、くつくつ笑う。

しかし、シャロンには見えていた。

仮面の穴から僅かに覗く彼の目は、一切笑っていない。

その不気味さが、シャロンの確固たる決意を揺さぶる。

「片付けは私も好きだ。なんせ几帳面な性格でね、特にゴミを一度に纏めて捨てる時の快感ときたらないよなあ。その点に関しては同感だ、痛いほど分かる……」

仮面の男が、パチィンと指を鳴らす。

すると彼のすぐ傍らで、だらんと脱力するだけだった仮面の女が、杖を構えた。

「ただし片付けるのは私だ。貴様は片手間に払われる大鋸屑《おがくず》程度の存在でしかない」

一触即発。

張り詰めた弦のような極限の緊張感が場を支配する。

そんな中、シャロンは構えた剣の切っ先を鋭く光らせたまま、ゆっくり口を開いた。

「……一つ尋ねてもいいだろうか」

「何かな？」

「貴様、何故私を狙う？　私と貴様は初対面のはずだ、仮面の知り合いはいない」

「……ああそうか。知らないのか、気付いていないのか」

「何？」

「いいや、こっちの話さ。なあに、私にはどうしてもあの村で済ませたい用事があってね。もののついでだよ、これから君を殺すのは」

「もったいぶらず、喋れる内に喋っておいた方がいいぞ。私はせっかちでな、命乞いだって聞くつもりはない」

「せっかちは良くないな。何事も順序があるのだ。せめて彼女を倒すことができたのなら教えてあげよう」

「その余裕ぶった態度、後悔するなよ！」

均衡《きんこう》が崩れた。

シャロン・ヘルティアは弾丸のように踏み込んで、男の懐へ潜り込む。

しかしその時すでに、仮面の女はごく短い詠唱を完了していた。

「っ⁉」

まるで目に見えない巨人に殴りつけられたかのような暴力的風圧。

シャロンは咄嗟に身構えたが、まるで意味をなさず、数十ｍも転がされてしまう。

なんとか体勢を立て直すも、すかさず次の攻撃が彼女へと襲い掛かった。

——矢だ。

数え切れないほどの光の矢が、さながら雨のごとく頭上から降り注いできたのだ。

「なんでもありだな！」

シャロンは姿勢を低くしたまま夜の草原を駆けた。

肌を裂く光の矢はあえて無視し、致命傷となる部分へ落ちてきたもののみ、驚異的な反射神経で斬り払う。

これと並行しながら全速力で走り続け、間一髪シャロンは光の矢の射程圏内から脱出。

シャロンの人間離れした身体能力が為せる業である。

だが、その時すでに仮面の女は次の詠唱も終えていた。

「今度はなんだ……！」

シャロンの頭上に落ちる影。

見上げると、そこには全長５ｍにも及ぶ土の巨人がシャロンを待ち構えており――、

「くぅっ⁉」

シャロンが咄嗟の判断で体勢を低くする。

次の瞬間、彼女の頭上を巨人の太い腕が通過した。

もし食らっていれば身体がバラバラにはじけ飛ぶところだ。

シャロンは地面を強く蹴って跳び上がり、そして一閃――土の巨人を袈裟懸けに両断し、元の土くれへと還《かえ》す。

仮面の女が何者なのか、シャロンには分からない。

しかし彼女の繰り出す魔法が非常に高水準のものであることだけは理解できた。

魔法そのものの強力さはもちろんのこと、詠唱の速さや唱える魔法の多彩さ、どれをとっても間違いなく自分よりも格上。

Aランク……よもやSランクということはあり得ないだろうが、ともかく強い――！

――その時である。

斬り伏せたはずの土の巨人が、大質量の泥に変質して、シャロンへ襲い掛かってきた。

「なっ、罠《わな》!?　しまっ……！」

すかさず剣を振るったが、僅かに遅れる。

まず初めに腕を、次に足を泥で絡め取られ、地べたに押し倒される。

そして泥は即座に硬化し、彼女を地面へと縫いつけてしまった。

「くっ……！」

「八手詰めだな。美しい、良い、良いぞ」

仮面の男がじつに愉快げに言う。

シャロンが屈辱に満ちた表情で見上げると、杖を携えた仮面の女が、すぐ傍からこちらを見下ろしていた。

不気味な仮面で隠れているから、というのもあるだろうが、なんというか彼女からはまるで生気が感じられない。

そんな彼女から見下ろされ、シャロンの全身に怖気《おぞけ》が走った。

「もう一度呪いを植え付けてやる。次は逃がしたりしないさ。きっちり死ぬまで見届けてやろう」

仮面の男が嗜虐的に言い、仮面の女が身をかがめる。

仮面の内側から聞こえる、くぐもった呪文。

同時に、女性の手の内に粘っこいスライム状の物体が生成され始める。

先刻、シャロンの体内へ植え付けられた、命そのものを食らう魔法生命体だ。

今度こそ彼らは、自分を逃がしはしないだろう。

じっくりと命を蝕まれ、息絶えるその時まで決して拘束を緩めない。

そんな絶望的な状況のさなか、シャロンは——笑っていた。

「く、くく」

「……なんだ、心が壊れたか?」

「——油断したな仮面の男。貴様のように神経質な男なら、必ず前回の失敗を挽回しに来ると思っていたぞ」

シャロンが口を開ける。

上下の犬歯で挟んだ、きらりと輝く翡翠《ひすい》色の結晶。

「それは、風の魔石——」

「正しくは九手詰め。詰んだのはお前だ」

シャロンは魔石をぷっと噴き出し、魔石は今まさに呪いを植え付けようと迫っていた女性めがけて飛んでいって——、

「エアル！」

コツン、と間の抜けた音を立てて仮面にぶつかり、そして炸裂した。

「――っ」

形容しがたい音とともに発せられた風の奔流が、仮面ごと女性の額を刺し貫く。

これにより、魔法生命体はどろりと溶け出し、シャロンを拘束する岩石も脆《もろ》い土くれへと戻った。

術者に魔法を維持するだけの力がなくなったのだ。

当然である。なんせ彼女は、額に親指大の穴を開けられたのだから。

「……あなたほどの凄腕の魔術師を、こんな不意打ちじみた真似で殺したくはなかった」

土くれを払い、立ち上がるシャロン。

これとは反対に、仮面の女はぐらりと傾いて、力なく崩折《くずお》れた。

しかしシャロンはもはや女を見ていない。

その鷹のように鋭い眼光が捉えるのは仮面の男、ただ一人である。

「風の魔石……か。言葉に反応して魔法が発動するタイプのものだな」

「私の奥の手だ。高かったんだぞ」

シャロンはコキリと肩の骨を鳴らして、剣を構え直した。

その目は、決意と覚悟に満ちている。

「釣りは貴様からもらう。さあ武器を構えろ」

この時シャロンは確信していた。

長年の経験を頼りにするならば、あの男自身の実力は大したものではない。

一対一の斬り合いになれば必ず自分が勝つ、ならばこの状況は完全に詰みだ――!

……そう思っていたのだが。

「いやはや、何も知らずに死んだ方が幸せだったと思うがね、私は」

男の口から発せられたのは、命乞いでも負け惜しみでもなく、そんなわけの分からない台詞であった。

一体どういう意味か……。いや、関係ない、私はただ目の前のヤツを斬るだけだ。

シャロンは今まさに男の懐へ飛び込もうと、姿勢を低くして――その瞬間、全身になんとも言い難い悪寒が駆け抜ける。

「!?」

シャロンは動物的直観に従い、後ろへ飛びのいた。

見ると、足元で力尽きていたはずの例の仮面の女が、ゆっくりと起き上がろうとしているではないか。

「な、何故……!? 確実に脳天を――」

脳天を、貫いたはずなのに。

それを言い切るよりも早く、さらなる衝撃が驚愕を上書きした。

仮面が外れたことで露わになっていたのだ。

額に穴を開け、虚ろな表情で、まさしく死人のように土気色をした彼女の顔が。

そしてその顔に、シャロンは見覚えがあった。

「ニーシア……さん……？」

ニーシア。

宮廷魔術師のニーシア。

かつて大勇者ルグルス・ヘルティア率いる勇者パーティを魔法によって支えた心優しき彼女。

魔王軍四天王の一人に敗れ、命を落とした彼女——紛れもなく、ニーシアその人であった。

「自己紹介が遅れたね」

シャロンが目の前の光景を理解するよりも先に、仮面の男は仰々しく礼をする。

まるで、シャロンを嘲笑《あざわら》うかのように。

「私は死霊術師《ネクロマンサー》のギルゼバ。自分で言うのもなんだが、私は几帳面な性格でね、なんでもしっかり揃えないと気が済まない」

ガサガサと木立を揺らしながら、森の暗がりから三つの影が現れる。

いっそまぶしいぐらいの満月は、無慈悲にも三つの影を照らし出した。

ザガン流拳法の達人、ルリ。

一騎当千の騎士団長、ドラテロ。

「例えば上下巻の魔導書があるとすれば、たとえ必要なくとも両方揃えたい、そういう男だ……。これが君を欲しがる理由だよ」

そして——最後の一人の正体が明らかになった時、シャロンは咆哮していた。

彼女の内に生じた様々な感情が、そのまま発露したような、そんな咆哮だ。

そして仮面の男ギルゼバはこれを聞いて愉悦に浸り、邪悪に口元を歪めて言う。

「——必要はないが揃えたいんだ、勇者親子はね」

最後に現れたのは、逞しい体つきの、歩く首なし死体であった。

——Bランク冒険者、シャロン・ヘルティアは知っている。

死霊術《ネクロマンス》という技法をもって死者を使役し、操る者たちの存在を。

だが、死霊術師《ネクロマンサー》とは決して表舞台には出ない影の者たち。

ゆえに、シャロンが実際に死霊術師《ネクロマンサー》と出会ったのは、今回が初めてである。

これまでのシャロンは、死霊術師《ネクロマンサー》に対して明確な印象は持っていなかった。

生命倫理に反する者たちという曖昧《あいまい》な認識の下、そこはかとない嫌悪感を抱いていたにすぎない。

しかしここに来てそのイメージは大きく変化する。

「これが……」

シャロンは感じていたのだ。

自らの胸に宿る、死霊術師《ネクロマンサー》への、確固たる憎悪を——！

「——これが!!　人間のやることかあああっ!!」

シャロンは魂からの咆哮をあげた。

全て、全て理解してしまったのだ。

死霊術師《ネクロマンサー》ギルゼバを囲う四体の死者は、シャロンのよく見知った人物である。

優しいあまり少し臆病すぎるきらいがあるが、一本芯が通っていた、魔術師のニーシア。

勝気で負けず嫌い、すぐに怒るけれど、本当のところではパーティの誰よりも面倒見がいい、武道家のルリ。

細かいことは気にしない豪快な性格で、酒と女を好むお調子者だが、誰よりも友情に厚い男、騎士ドラテロ。

そして最後の一人は、首から上がなくともシャロンには理解できてしまう。

最愛の父──大勇者ルグルス・ヘルティアの亡骸である。

「あ、あああああ、父上……！」

シャロンの頬を涙が伝う。

大勇者、ルグルス・ヘルティア。

獅子のように雄々しく、太陽のように輝かしかった父が、今や足元さえおぼつかない動く屍として自らの前に立っている。

かつて苦楽をともにした仲間たちの亡骸と一緒に、だ。

この時のシャロンの心中など、誰かに推し量れようはずもない。

シャロン自身ですら、嵐のように荒れ狂う自らの胸中を制御することなど、微塵もできなかったのだから。

そんな彼女を見て、ギルゼバはパチパチと乾いた拍手をした。

「亡き父との再会──美しい筋書きだ、実にすっきりする。これでこそあの男から死体を譲り受けた甲斐があるというもの」

「き……さ、まぁぁっ……！」

「何か不満でもあるのかね？　よく見るといい、死体は死後すぐに冷凍保存されたらしくてね、おかげで状態は良好で……む？」

言っている途中でギルゼバは何かに気が付いたらしく、ニーシアのゾンビへと歩み寄った。

ニーシアの額には先ほどシャロンの魔法で貫かれた穴がぽっかりと開いている。

ギルゼバは顔をしかめた。

「……ふうむ、これはもう駄目だな、脳が破壊されていて魔法が唱えられない。ただ動かすだけならともかく――」

そこまで言って、ギルゼバは何を思ったのかニーシアを蹴り倒した。

ニーシアは受け身も取らず、その華奢《きゃしゃ》な身体を力なく地面に打ち付けて、それきりもう二度と動かなくなった。

瞬間、シャロンの頭の中は白く染まって――、

「魔法も使えない魔術師など、いっそいない方がマシだ」

「――っ！」

シャロンは己が衝動に身を任せて、駆け出した。

頭にあるのは純粋な殺意のみ。

ギルゼバの喉笛を掻っ切ってやろうと剣を振りかざす――が、叶わない。

目にも留まらぬ速さで両者の間に割って入ったルリが、刃を打ち払い、さらに掌底でもってシャロンの腹を打ち据えたのだ。

「ぶぐっ……!?」

その時シャロンは、まるで腹に鉄球でも食らったのかと錯覚するほどの衝撃を受けた。

口中から赤い液体がこぼれ出る。

さらにすかさずドラテロがシャロンの懐へ飛び込んできて、大槍を振るった。

ゆっくりと動く時間の中、シャロンはドラテロを見る。

快活に、白い歯を覗かせて笑う、あの頃のドラテロはどこにもいない。

目は虚ろで肌は土気色、どこからどう見ても死体そのものである。

シャロンはすかさず、飛びかけた意識を引き戻し、剣を振るった。

ガギィッ――凄まじい金属音とともに、火花が散る。

競り勝ったのはドラテロだ。

シャロンの剣は弾かれ、そしてシャロン自身も衝撃で遥か後方へ吹っ飛ばされる。

そして、シャロンが飛んでいった先に待ち構えていたのは――。

「父上……っ!」

ルグルス・ヘルティアが、シャロンの軌道上で剣を構えている。

シャロンは咄嗟に空中で身体をひねり、そして回転の勢いで剣を振り回した。

闇夜に煌めく二つの剣閃、そして衝撃音。

シャロンはかろうじてルグルスの剣を受け止めることが叶ったが、しかしそれだけだった。

ルグルスの人外じみた膂力によって剣ごと斬り伏せられ、地面へ叩きつけられてしまう。

「あ、ぐうううううっ……!!」

ミシミシミシッ、と骨の軋《きし》む音。

シャロンは悲痛な叫びをあげ、血反吐を吐く。

ただの一振りでこれだけのダメージ——実力差は圧倒的であった。

「ふむ、どうしてそんな絶望的な顔をするのかな。分かり切っていたことだろう?」

地べたに這いつくばるシャロンを見て、ギルゼバは笑った。

「彼らはかつて魔王軍四天王さえ倒しかけた伝説の勇者パーティだ。全員がSランク冒険者なんだよ。君ごときに太刀打ちできるわけが……」

「……勘違いして……いる……ぞ」

「なんだ?」

シャロンは全身を襲う痛みを堪えながら、剣を杖代わりにして、ゆっくりと立ち上がった。

内臓が傷ついている。骨も折れているのかもしれない。

しかし、その目に宿った光は未だ消えずにいる。

その目は、ギルゼバをそこはかとなく不愉快にさせた。

「……絶望ではない失望だ……。よくもまあ、伝説の勇者パーティをこうも改悪できたものだ……」

「改悪、だと」

「そうとも……。勇者の娘が言うのだから、間違いはない……。彼らは、もっと強かったよ……」

シャロンは吐き出す言葉とともに胸の内から溢れ出そうになる感情を必死で抑えつけた。

本当は今すぐにでも泣き出したい。何も考えず剣を捨て、絶望に身を委ねたい。

しかし、彼女の中に流れる大勇者ルグルスの血が、そうはさせなかった。

勇者の娘としての責務が、彼女の背中を押した。

「……やはり貴様が三流だからかな」

シャロンは言いながら、不敵に笑う。

――これがギルゼバの逆鱗《げきりん》に触れた。

「このっ――！」

ギルゼバは怒り心頭。

ゾンビたちを押しのけて、自ら歩み出る。

そして、やっとの思いで立ち上がったシャロンを、そのまま蹴り倒した。

「ぐっ……！」

「この低俗な！　ゴミクズ野郎が！　貴様今なんと言った⁉　私に向かって三流だと⁉」

ギルゼバは地に伏したシャロンを、狂ったように繰り返し踏みつける。

シャロンの身体には次々と青黒い痣《あざ》が刻まれ、顔からは鮮血がほとばしった。

「ゾンビとして使ってやろうと思って手を抜いていればいい気になりやがって！　クソが！　身の程を知れ！」

初めは呻くように小さな悲鳴をあげていたシャロンであったが、次第にそれも聞こえなくなる。

肉を打ち据える鈍い音が、満月の下、虚しく響き渡った。

「はあ……はあ……畜生、腹の虫がおさまらん！　やはり私自らが殺してやる――！」

息を荒くしたギルゼバが、腰に提げたカトラスでトドメを刺そうとした、その時である。

ぐったりと身体を横たえるだけだったシャロンが、ギルゼバの足を掴んだ。

「なっ⁉」

「ゆ、だん、したな……さん、りゅう……」

シャロンが朦朧とした目でギルゼバを見上げる。

そこでようやく、ギルゼバは気が付いた。

彼女のもう片方の手の内には、深紅の魔石が握られていることに――。

「炎の魔石……⁉　まさか、貴様⁉」

「いたみわけ、と……いこうじゃ、ないか……」

「ふ、ふざけるな！」

ギルゼバは慌ててシャロンの腕を振りほどこうとする。

しかし、一見死にかけに見えるシャロンではあったが、ギルゼバの足を掴むその腕の力ときたら常人のそれではない。

まさしく死力を振り絞っているかのように、決して離れないのだ。

「クソ！　クソが！　放せ！　誰がお前なんぞと心中してやると……！」

ギルゼバは半狂乱になって、自由な方の足でシャロンの顔面に蹴りを入れる。

ぱたぱたと鮮血がまき散らされた。

しかしシャロンは決してギルゼバを放さない。

放さずに、血の泡交じりの声でこう唱えるのだ。

「えくす、ぷろー、じょん……！」

シャロンの握り込んだ魔石が目の眩《くら》むような閃光を放つ。

エクスプロージョン——半径数十ｍを爆風によって吹き飛ばす魔法であり、シャロンに残された正真正銘、最後の手段。

「う、うわああああああああああっ⁉」

ギルゼバの悲鳴を聞きながら、シャロンは充足感に満たされていた。

自らは勇者の娘としての責務を全うした、ここで死ねるなら本望だ、と。

そう、思っていた——その瞬間までは。

パキィン、と甲高い音が鳴り響く。

「…………え？」

気が付くと、シャロンの手の内から魔石が消えていた。

近くには片足を振り上げたままの体勢で固まる、武道家ルリの姿が。

——武道家ルリが凄まじい速度で肉薄し、手の内にあった魔石を蹴り飛ばした。

シャロンがこれに気付いたのは、遥か上空で魔石が炸裂してからのことだった。

大地を揺るがすほどの爆発が、夜の闇を切り裂く。

爆風が大地を舐め、土埃を巻き上げ――しかし、それだけだった。

ギルゼバには傷一つない。

勇者パーティのゾンビたちもまたしかり。

作戦は、失敗に終わった。

「は、は……は、ははははははははっ！」

ギルゼバが笑う。狂ったように笑う。

一方でシャロンの胸中は、今度こそ本当の絶望に支配されていた。

「少しだけ、本当に少しだけヒヤリとさせられたが、万事問題なし！」

ギルゼバがカトラスを抜き取り、その湾曲した刃をシャロンに突き付ける。

その時、シャロンは見た。

仮面の内に覗く彼の瞳が、どこまでも冷たい光を返すところを……。

「……今のは本当に頭にきたよ。面倒だ、もう終わりにしよう」

ギルゼバが、カトラスを高く振り上げる。

その躊躇のない動きを前にしてシャロンは自らの死期を悟った。

「では、死ね」

ギルゼバの驚くほど冷たい声音が響く。

カトラスの刃が月光を返し、濡れたように光る。

どうしようもない絶望の中、シャロンは諦観《ていかん》に満ちた目で夜空を見上げ――そして、それを見た。

カトラスの切っ先に止まり、前足を擦り合わせる、一匹の蠅を。

「……今の俺は非常に虫の居所が悪い」

シャロンではない。ギルゼバでもない。

どこからともなく聞こえてくる少年の声。

「誰だ⁉」

ギルゼバが弾かれたように振り返る。

シャロンもまた彼の視線を目で追って、そして声の主を発見した。

一体いつからそこにいたのだろう。

彼は月明かりの下、佇んでいた。

「……やっとの思いで赤ん坊を寝かしつけて、さあ眠ろうかと思った矢先、どこかの馬鹿が花火を上げた……。これがどれぐらい頭にくるか考えたことあるか、潔癖野郎」

――ルード少年は、至極機嫌が悪そうに吐き捨てた。

○

ハラワタが煮えくり返る、鶏冠《とさか》にくる、堪忍袋の緒が切れる？

いや、いや、この感情は、そんなありきたりな言葉では到底表しきれないだろう。

ともかく全身の虫どもがうずいて仕方がない。

しいて言うならば、虫唾が走るというやつだった。

「しょ、うね、ん……なぜ……！」

ちらと足元を見下ろす。

無惨にも全身を打ち据えられ、満身創痍《まんしんそうい》のシャロンの姿があった。

……内臓を潰されている。骨だって折れているのだろう。

「に、げろ……あの、おとこは……くるって、いる……ころ、され……」

シャロンが血の泡交じりの声で言う。

俺は人さし指でぽりぽりと頬を掻きながら。

「……死ぬぞ、お前」

「いい……！　したい、とはいえ……いだいな、ゆう、しゃのてにかかる、のは……めいよな……ことだ……！」

シャロンは痛みに耐えながら、言葉を振り絞る。

それはさながら残り少ない命を削るような、そんな声音であった。

俺はわしわしと自らの栗毛頭を掻きむしり、一つ深い溜息を吐き出す。

「……まったくもって虫が好かん」

シャロン・ヘルティアに勇者の資格はない。当代の勇者はアルシーナだ。

しかし、それでもやはり勇者の血——大勇者ルグルス・ヘルティアの血は彼女へ受け継がれているということか。

　これは一体なんの嫌がらせだ、くそ……。

「その目は何度向けられてもいい気分がしない」

俺は魔王軍四天王の一人、怪蟲神官ガガルジ、泣く子も黙る虫使い。

外道、畜生、卑怯者、考えうる罵倒は全て受けてきた。

だからこそあえて必要はないと思うが、念のため説明しておこう。

俺はただ、自分の安眠を妨害されたことに対して、憤りを覚えているだけ。

決して、勇者の誇りを守るなどというくだらない理由のため、ヤツに立ち向かうわけではないと、
それだけはご留意いただきたい。

「……一か月ぶりだな仮面男」

俺はシャロンの制止を無視して、ギルゼバとの距離を詰めた。

仮面の下はさながら鬼のごとき怒り顔か、それとも顔面蒼白で、今にも泣き出しそうな顔か――。

「く、はははは……！　やはり、運は私に向いている！　会いたかったぞクソガキィッ！」

……どうやら再会を喜んでくれているらしい。

ギルゼバはげたげたと気味の悪い笑い声をあげながら、感動に打ち震えている。

「ゴミは一度に纏めて片付けるに限る！　まさかお前の方から出向いてくれるとはな！　片付けてやる！　片付けてやるぞクソガキが!!」

「お前、俺のためにわざわざそんな珍しい玩具《おもちゃ》まで用意してくれたのか？」

「そうともさ！　全てお前のためだ！　あの時の屈辱を晴らすためのなぁ！」

ギルゼバの言葉に従い、死体どもが一斉に武器を構えて俺の前に立ちはだかる。

……こいつらとも、まさかこんな形で再会する羽目になるとはな。

「寝物語ぐらいには聞いたことがあるだろう！　これはかの大勇者ルグルス・ヘルティア率いる勇者パーティのゾンビども！　全員がSランク冒険者だ！」

……知っている、知っているとも。

魔術師ニーシアの魔法は、巨大蟷螂《カマキリ》のカンムリオトシを一撃で屠《ほふ》り。

武道家ルリの拳は、鉄よりもはるかに強固な黄金虫《コガネムシ》、ヒヒイロコガネの背中すら砕き。

騎士ドラテロの槍術は、全長数十mにもわたる大百足《ムカデ》、シシガシラの百本足ですらさばき切った。

そして大勇者ルグルス・ヘルティアの振るう剣には――俺の虫たちが恐れを感じたほど。

全部、全部見てきたのだ。

何故ならば、他ならぬ俺が、彼らを――。

「因果なものだな」

何故彼らの死体が、ギルゼバの手の内にあるのか。

その理由にはおおよそ見当がついているのでよしとしても、なんにせよ厄介だ。

さすがの俺でも、ヤツらが相手では本気を出さざるを得ない。

俺は、再びシャロンへと振り返る。

「はや、く、にげ……」

彼女はそのボロボロになった身体を引きずりながら、なおも俺をかばおうとしていた。

実の父親をゾンビにされて、精神的なダメージも計り知れないはずなのに、一丁前に俺の心配なんぞをしている。

……ここまでくれば、さすがの俺も負けを認めざるを得まい。

彼女は紛れもなく大勇者ルグルス・ヘルティアの娘である。

そして……ああ、くそ、事もあろうにこの俺が、こんな手段を取らなければいけないなんて――！

「しょう、ねん……はやく……！」

「――悪いが俺はルード少年ではない」

俺は今までの子どもぶった喋りをやめて、かつてのように威厳に満ちた口調で言った。

シャロンが言葉を失う。ギルゼバもまた訝《いぶか》しげに俺を見る。

そんな中、俺は――懐から香炉を取り出した。

「しょう、ねん……？」

「……貴様、やはりただのガキじゃないな」

「ああ、お察しの通りだとも。改めて自己紹介をしよう」

魔法を唱え、人さし指にごく小さな火を起こし、香炉へ火をくべた。

立ち上る紫の煙が、ゆるりゆるりと薄衣のように宙を舞い、辺りは不思議な香りで満たされる。

さあ、覚悟を決めよう。

俺は煙を振りまきつつ、両手を大きく広げ、天を仰ぎながら高らかに宣言した。

「──我が声を聞け、我が姿を見よ、お前たちの王が帰ってきたぞ」

煙を身に纏い、俺は踊るように続ける。

その時、俺たちを取り囲む夜の闇が、ざわめいた。

「地を這いずるもの、影に潜むもの、死肉を貪るものどもよ、我こそが父であり母である」

刹那。

闇はさながら津波のごとく伸び上がり、月明かりを遮る。

そして間もなく、闇は俺たちの視界さえも覆い尽くしてしまった。

「な、なんだこれは……ぐっ⁉」

身がすくむほどの轟音渦巻く中、ギルゼバは反射的に顔面を守った。

何故ならば闇が質量を持っていたからだ。

闇を形作るは、小さな、ごく小さな、しかし無数の彼ら──。

「──我が名はガガルジ、魔王軍四天王の一人、怪蟲神官ガガルジ」

闇が俺の元へ収束し、鎧を──かつての俺そのものを作る。

空を覆っていた闇が晴れ、月明かりが再び俺を照らした。

そこにあるのはすでにルードという名の少年の姿ではない。

──さて、四天王とは魔王軍の中でも精鋭中の精鋭。

当代の魔王様が直々に選抜した、たった四人の最高幹部のことを指す。

その中には一人、誰よりも長く魔王様に仕え、誰よりも忠実でありながら、しかして四天王の面

汚しと呼ばれた男がいた。

それが俺だ。

虫を操り、奇襲奇策に秀で、卑怯者の誹りを受け続けた。

そして――、

「……大勇者ルグルス・ヘルティアを葬った者だ」

かつての姿を取り戻した俺の言葉に、シャロンは声さえ忘れてしまったかのように、ただこちらを見つめていた。

「く……くははは、はははははっ!! なんだ貴様、どうりで、そうだったのか！」

ギルゼバは堰《せき》を切ったように笑い出す。

腹がよじれるという表現があるがまさにその通りで、彼の口からはきぃきぃと、絞り出すような笑い声が漏れていた。

仮面からにじみ出るのは、彼の狂喜だ。

「ただのガキではないと思っていた！ だが、まさか、まさかモンスターだったとは！」

「そんなに面白いか」

「ああ、面白いとも！ それにすっきりした！ なるほどモンスターならば低俗な虫畜生も操れるだろう！ だが――」

ギルゼバは嘲《あざけ》るように鼻で笑う。

「大勇者ルグルスを討った魔王軍四天王の一人という冗談は面白くない」

「冗談？」

「ああ、そんなペテンで私を怯《ひる》ませられると思ったのなら、いっそ不愉快だ」

「……」

俺はぽりぽりと頬を掻いた。

そうか、そういう風に捉えるのか……。

「第一、魔王軍四天王などという大層な肩書きを持った奴が何故こんな辺境の地で人間のフリなぞしている？　そんなふざけた嘘がまかり通るとでも？」

「……ふざけた嘘なら、どれだけ良かったかな」

「なんにせよモンスターならば駆除しなくてはな。ちょうどこちらも、おあつらえ向きの人間を取り揃えている」

ギルゼバがパチィンと指を鳴らした。

勇者パーティのゾンビたちが俺の前に立ちはだかる。

大勇者ルグルス、武道家ルリ、騎士ドラテロ……随分と変わり果てた姿になったものだ。

人間がどうなろうが知ったことではない。しかし、かつて戦った奴らをこういう風に使われるのは――ひどく不快だ。

「……顔なじみとして、先に一つ忠告しておこう」

「うん？　忠告だと？　はは、面白い。なんだ言ってみろ」

「すぐに油断するのはお前の悪い癖だな」

俺はぼそりと呟いて、香炉を振りかざした。

するとどうだ。すでにルグルス、ルリ、ドラテロの足元に回り込んでいた寄生虫たちがその長い身体をくねらせた。

彼らの名前はクロズキン。

身体の穴から体内へ潜り込み、瞬く間に大繁殖して、対象を操り人形と化してしまう虫である。

後はクロズキンがゾンビどもの鼻腔から侵入し、肉体の主導権を奪うという手はずだ。

「油断していいのは完全に息の根を止めた、その時だけだ。お前も学習しないな。お喋りをしている間にすでに仕込んでおいた」

クロズキンたちは一斉に高く跳躍して、ゾンビたちの顔面に取り付き、そのまま鼻腔へ侵入――できなかった。

何故か、彼らはすんでのところで「ぎぃ」と小さく悲鳴をあげ、硬直してしまったのだ。

「なっ……！」

「……くっ、ひひひひひ！　バカが！　学ばないのは貴様だよ！　引きちぎれ！」

ゾンビたちはきわめて無機質な動作で、自らの顔に取り付いたクロズキンを引きちぎってしまう。

見るも無残な姿となったクロズキンたちの残骸がぼとぼとと地に落ちた。

「くく、二度も同じ手を食うと思うなよ、虫野郎」

「……ゾンビに何か仕込んだな」

「その通り！　前回の失敗を踏まえて表面にたっぷり防虫加工をさせてもらった！　もう虫一匹近

寄れないようにな！」

「相変わらず神経質な男だ」

「几帳面と言ってほしいねぇ！　さあ次はこちらの番だ！」

武道家ルリがまるで瞬間移動と見紛うほどの踏み込みで一気に肉薄してくる。

掌底――！

俺はすかさず全身の虫たちを活性化し、その大砲のごとき掌底を腕で受けた。

衝撃の余波で周辺の地面が抉《えぐ》れる。

「……死人とはいえ、さすがだな」

ぼろぼろと、俺の腕から残骸がこぼれ落ちる。

それは身体を形作っていた虫たちの内の数匹であり、すでに息絶えていた。

ギルゼバが「きひっ」と甲高い笑いをあげる。

「なんだそれは、虫たちが寄り集まっているのか？　くくく、つくづく汚らわしいな！　一匹ずつむしり取るように駆除してやるぞ！　やれ！」

ルリは死人とは思えないほど軽やかな動きで回し蹴りを放ってくる。

すかさず手で受け止める。

ぼろりと指の一本が落ちて、死骸に変わった。

……これは、純粋にルリの驚異的な戦闘能力によるものではない。

おそらくあの防虫加工とやらのせいだろう。

ゾンビに直接触れるのは危険だ。

「ああ、本当に厄介だな」

俺はすかさず背中から例の剣——スイギュウの大顎、その片割れを取り出す。

この隙を見計らったかのようにルリが鋭い前蹴りを放ってきたので、俺は剣の腹でこれを受け止めた。

びりびりと大気が震える。

「ほう？　意外とやるようだな、Sランク冒険者の攻撃を受け止めるとは……だが」

ギルゼバが仮面の下でいやらしく口元を歪めるのが見えて、俺は咄嗟に体勢を低くした。

頭上スレスレを大槍が薙《な》ぐ。

騎士ドラテロが背後から襲い掛かってきていた。

「くっ……！」

さらにそこから流れるようにルリがかかと落としを放ってくる。

咄嗟に腕で受け止めると、肘から先が丸ごとぼろりと崩れ落ちた。

「くははははっ！　貴様がどれだけ強かろうが、こっちはSランク冒険者が三人だ！　勝てるわけがないだろう！」

「ぐうっ！」

俺はスイギュウの剣でルリの腕を斬り飛ばし、彼らから距離を取る。

吐き出す息が荒い。

俺の輪郭がしきりにぶれる。虫たちの結合が弱くなり始めていた。

一方ルリは斬り飛ばされた腕になど見向きもせず、虚ろな瞳でこちらを見据えながらじりじりと距離を詰めてくる。

ドラテロも、ルグルスも同様だ。

「これは親切心から言うのだがね、いい加減、諦めることをお勧めするよ」

ギルゼバがくつくつと笑いながら言う。

「貴様がなんのために戦っているのかは知らん、興味もない。だがな、どうせ無様な屍を晒すこととなる。そこになんの意味があるというのだ？」

「……」

俺は答えない。

虫たちを落ち着かせながら、ギルゼバを睨みつける。

一方で彼はお構いなしに、かつ自らの勝利に酔いしれるように饒舌に語った。

「職業柄、私は常日頃から思っていた。死ねばただのモノだ。どんな聖人だろうが大罪人だろうが、死ねばタダのモノに成り下がる。ゼロだ、ゼロになるのだ。こいつらが最たる例だろう」

ギルゼバは比較的近くにいたルグルスの背中を無造作に蹴り飛ばす。

「人類の希望、大勇者？　――はっ、どこの誰とも知らぬ連中のために尽くした結果がコレだ。生前の行いなど関係ない、ただの肉の塊ではないか」

「……！」

虫たちがざわめく。

輪郭がぶれて、人型を維持することすら困難になり始める。

しかし、抑え切れようはずもなかった。

……ああ、俺はこの一か月で相当おかしくなってしまったらしい。

グルカスのくだらない下ネタを繰り返し聞かされて、虫たちのチューニングが狂ってしまったのだろうか？

はたまたクロエの作る野菜シチューで、虫たちが腹を下した？

それとも、アルシーナが、ミュゼルが……。

でなければ説明がつかない。

俺がこんなことを口走ってしまうことの、説明が――。

「――次に繋がっている」

俺は荒い息を吐き出しながら、確かにその台詞を口にした。

「……なんだと？」

ギルゼバが怪訝《けげん》そうに首を傾げた。

俺は、無事な方の手でスイギュウの剣を構え直し、そして宣言する。

「子孫を残すために食らい……食らうために殺す……感傷も躊躇も当然ある……！　だが、それでも人は愚かしく繋いでいくのだ……。それだけのことをしてでも生きなければならない、その理由を……！」

「っ……！」

ギルゼバがたじろぎ、これに合わせて勇者パーティが彼の身を守ろうと武器を構えた。

構うことはない、俺はギルゼバを見据えて、吼《ほ》えた。

「――俺は大勇者ルグルスの誇りを食らった者だ！　そして俺の血肉がお前だけは許さんと言っている！　それ以上の理由がいるかゲス野郎ぉっ!!」

「っ……!?　や、やれ!!　勇者どもぉ！」

悲鳴にも似た彼の合図に従って、三人のゾンビが飛び掛かってくる。

最初に武道家ルリ。

間違いなく今までで最も速く、鋭く、そして重い、さながら流星のような蹴り。

俺はすかさずスイギュウの剣でこれを受け止め、そして衝撃を逃がす。

剣は弾かれてしまったが、代わりにルリの懐へ潜り込んだ俺は、硬質化した五本の指で彼女の腹を切り裂いた。

ザガン流拳法の達人ルリは、ここで完全に沈黙する。

間髪入れず、騎士ドラテロの槍が俺の頭の右半分を穿《うが》った。

普通ならば致命傷、しかし俺にとっては違う。

「ぐ、おおおおおおっ!!」

俺は自らの頭を貫通した槍を絡め取り、そして咆哮とともに、ドラテロごと地面へ叩きつける。

凄まじい速度で叩きつけられたドラテロの身体は、地面を割り、そして耐え切れずに崩れ落ちる。

一騎当千の騎士団長ドラテロは、その運動を完全に停止した。

そして最後にルグルス——。

そう思って振り返ろうとした時、身体に違和感。

無事な方の目で見下ろすと、額に大穴を開けたニーシアがまるで縋りつくように俺を拘束していて——。

「し、しまっ……！」

「くははっ！　油断したな虫野郎！　これで終わりだ！」

一瞬の動揺。

それが命運を分けた。

ザンッと空を裂くような音がして、次の瞬間、気付く。

大勇者ルグルスの聖剣によって、俺の身体がニーシアごと真っ二つに斬り裂かれていることに。

「——っ」

ゆっくりとスローモーションに動く世界の中、俺は自らの身体が崩れ落ちていくのを見た。

聖剣の一撃は、虫たちを根こそぎ焼き払ってしまった。

もはや形を維持できない。

身体は末端から崩壊していき、そして大量の虫の死骸の中には、小さな香炉だけが残った。

○

「……やった」

たっぷりと間を置いて、ギルゼバは噛み締めるように言った。

それまで呆けたようだった彼であるが、口に出すと実感がわいてくる。

やった、やったぞ！

「私の勝ちだ、はははははははっ!!！」

ギルゼバは自らの勝利を高らかに宣言し、狂ったように笑い続けた。幸福の絶頂だった。

「きひひぃ……ひぃ……！　くくく、惨めだなぁ……！　モンスターの分際で偉そうに講釈を垂れやがって、何が血肉が許さないだ！　肉の一片すら残らなかったではないか！」

彼は虫たちの死骸を踏みにじり、唾まで吐きかけた。

そしてひとしきり勝利の余韻に浸った後、ぐりん、と彼女を見る。

這いつくばったまま、呆然と一部始終を眺めるしかなかった、彼女――シャロン・ヘルティアを。

「くくく、安心しろ、もちろん君のことも忘れてはいないとも、ゾンビどもは随分減ってしまったが、なあに大勇者ルグルスとその娘のセットなら、そこそこ収まりがいい」

「ひっ……!?」

シャロンはそこでようやく事態を理解したかのように、恐怖に怯えた悲鳴をあげる。

しかし、傷ついた身体では逃げ出すことはおろか、身をよじることさえ満足にできない。

ギルゼバは、まるで猫が鼠《ネズミ》を追い詰めるように、じりじりと詰め寄って、そしてしゃがみこんだ。

狂気に染まった瞳と、頼りなく震える瞳が交差する。

「今の私は非常に気分がいい。辞世の句ぐらいなら聞いてやってもいいぞ、ええ？　勇者の娘よ」

「……っ！」

シャロンは、ぎゅっと口を真一文字に結ぶ。

最後の抵抗として、必死で悲鳴を堪えているようでもあった。

そんな様が、ギルゼバの嗜虐心をそそる。

「どうした？　何もないのか？　人生最後の晴れ舞台だ、気の利いた格言の一つでも残してみろ」

「……だい、じ、なのは……」

「ほう、大事なのは？　なんだ、人生において大事なものとはなんだ!?」

「……ではなく……ために……っ」

「ははは！　聞こえんぞ！　もっと腹から声を出せ！」

ギルゼバは彼女を嘲笑い、そしてわざとらしく耳を寄せた。

シャロンは、ぐっと息を呑み、そして、その言葉を口にする――。

「――大事なのはどう戦うかではなく、なんのために戦うか。byルグルス・ヘルティア」

「……え？」

「すぐに油断するのはお前の悪い癖だ、完全に息の根を止めるまで油断するなと言っただろう」

シャロンの像がぶれ、そして変化していく。

ハーフエルフの少女が、見る見る内に栗毛頭の少年に――。

「貴様っ……!?」

「もう遅い」

ズン、と鈍い音。

ギルゼバはゆっくりと見下ろした。

自らの腹から生える、大きく湾曲した、一本の剣を――。

「……父の仇だ、消えろ三流」

スイギュウの剣をギルゼバの背中に深々と突き立てた本物のシャロン・ヘルティアは、怒りに満ちた目で言った。

○

無粋とは知りつつも、答え合わせをさせてもらう。

さっきまで勇者パーティのゾンビどもと戦っていたのは、虫どもの形作った俺の分身だ。

そして俺本体はといえばシャロン・ヘルティアに扮《ふん》し、本物のシャロンは茂みの中で息を潜めていた。

最初に大量の虫を呼び寄せ、視界を遮ったのは、全てこのためだ。

「ぐぶ」

ギルゼバがどす黒い血の泡を吐き出し、ぐらりと傾いた。

彼はゆっくり、ゆっくりとその身体を横たえ、そして静かに息絶える。

それこそが死霊術師《ネクロマンサー》ギルゼバの、じつに呆気ない最期であった。

「……お前には辞世の句も勿体ない、そのまま朽ちていけ」

俺は亡骸を一瞥して、それから残されたルグルス・ヘルティアの死体を見た。

ギルゼバが死んだことにより、彼もまたその呪縛から解かれる。

手の内からずるりと聖剣が滑り落ち、そして彼自身もまたゆっくりと傾いていって――しかし、倒れない。

他でもない、娘であるシャロン・ヘルティアが冷たくなった彼の身体を抱き留めたのだ。

「……」

シャロンは一言も発さなかった。

無言のまま、父の身体を抱き留めていた。

ここから、彼女の表情は窺えない。

ただ一つ分かるのは、月明かりに照らされた彼女の肩が、僅かに震えていたことだけだ。

「……ガガルジ、答えてくれ……」

おもむろに、シャロンは震える言葉で紡いだ。

「父は、我が父ルグルス・ヘルティアは……最期まで、勇者だったのだな……？」

俺は答える。

「ルグルス・ヘルティアは俺たちの脅威、まごうことなき大勇者だった。最期の、その時までな」

「……そうか」

シャロンは、どこか満足したように頷いて、それからルグルスに何事かを語りかけた。

本来ならば聞き取れようはずもない小さな呟き。

しかし、俺の虫たちは聴き取ってしまう。

――おやすみなさい、お父さん。

シャロンは今までの労苦をねぎらうように優しく、ルグルスの亡骸を地べたへと横たえた。

そして――、

「怪蟲神官、ガガルジィっ!!」

彼女は握りしめた両拳をわななかせながら、背中越しに俺の名を叫んだ。

「――お前は卑怯で、狡猾《こうかつ》な男だ！　あの場面で、私にはお前を斬れないと知っていてあえて私にトドメを刺させた！　父の誇りに懸けてお前を殺せないことを、知っていたのだ!!」

そこまで言って、シャロン・ヘルティアはこちらへ振り返る。

「今回は完敗だ！　悔しいが私の負けだ！　だが、だが……私はいつか必ず、正々堂々と貴様を斬り伏せられるよう強くなる！　ヘルティアの剣で貴様を斬る！　だから――」

彼女の目には、確かにあの日見たものと全く同じ、決意の炎が宿っている。

「だから今回は見逃す！　ただそれだけだ！」

満月の下、そう宣言した彼女の表情は、どこか晴れやかであった。

こうしてシャロン・ヘルティアの孤独な戦いは、ひとまずの幕を下ろしたのである。

エピローグ「そしていつも通りの」

「あぶ、ぶ」

「ほら！　やっぱり今アルシーナが俺のことを見てパパって言った！」

「言ってないわよ」

「言ってませんね」

俺が寝ぼけ目をこすりながら言うと、

「言ったって！」

グルカスは噛みつかんばかりの勢いで、その髭面をこちらへ寄せてくる。

外はあんなにも爽やかな晴れ模様なのに、グルカスときたらいつにもまして鬱陶《うっとう》しさが極まっていた。

まったく、ただの一年やそこら落ち着いて待てないのか、この男は。

「ふん、そんなこと言ってクロエもルードも悔しいだけだろ。アルシーナはパパのことがだいちゅきですもんね～」

「気味の悪い赤ちゃん言葉はやめなさいグルカス」

子どものように拗《す》ねるグルカスであったが、クロエはそれをばっさりと切り捨てた。

彼女は日に日に逞しくなっていくな……。

「……それにしてもシャロンさん、何も言わず夜の内に出ていくなんて、どうしちゃったのかしら?」

おもむろにクロエが独りごちる。

これに対して、グルカスはさほど気にしていない風だ。

「何か粗相でもあったのかな」

「怖いこと言わないでよ。なかった……とは思うけど……。ああ心配だわ。ルード、本当に気付かなかったの?」

当然のごとくこちらへ話が振られた。

俺は、かぶりを振る。

「いいえ、知りませんよ……。きっと色々と気を使わせてしまい、忍びなく思ったのでしょう」

「そうなのかしらねえ」

「そうですよ」

俺は心配性のクロエに微笑みかけて、半ば無理やりにこの話題を終了させた。

昨晩、グルカス夫妻の手厚い歓待に引け目を感じたシャロン・ヘルティアは、皆が寝静まっている内に家を飛び出し、武者修行の旅へと戻った。

そういうことになっているのだ。

クロエは未だに納得がいっていない様子だったが、そんな思索も、扉をノックする音で強制的に中断させられる。

俺は人知れず溜息を吐いた。

今日も今日とて、今日も今日とて、だ。

「――ルード！　遊びに来てあげたわよ！」

……ミュゼル嬢のお出ましである。

「クロエおばさま！　グルカスおじさま！　おはようございます！」

「おおミュゼルちゃん、今日も元気だなぁ」

「ミュゼルちゃんいつもありがとうね。ルードは出不精だから、本当に助かるわ」

「えへへへ」

クロエに優しく頭を撫でられ、顔をほころばせるミュゼル。

……幾度となく目にした、いつも通りの光景だ。

グルカスが渋々仕事に出る支度を始めて、クロエがそれを手伝う。

それからクロエは「今日は絶好の洗濯日和ね」などと言いながら、洗濯を始めて。

残された俺は、アルシーナとミュゼルの子守りだ。

いつも通り、いつも通りの日常が、今日も繰り返される。

「一体何をやっているんだ、俺は……」

俺は誰にも聞こえないよう、溜息交じりに呟いた。

俺は魔王軍四天王の一人、怪蟲神官ガガルジだ。

それがこんな、代わり映えのしない日常を甘受するなんて、間違っている。間違っているに決まっている。

俺はすっかり憔悴《しょうすい》しきって、アルシーナの許へと歩み寄った。

彼女は、一体何が楽しいのか小さな手のひらを閉じたり開いたりしながら、俺の顔を見つめている。

……もしかしてわざとやっているのか？

ただの赤ん坊のフリをして、俺が困るのを見て楽しんでいるのではなかろうな？

「はぁ……お前がさっさと大人になってくれれば、楽なのに……」

疲れているのだ。

こんなことを言っても仕方がないとは思いつつも、アルシーナに語り掛ける。

するとアルシーナは、一度小さな唇を震わせて、

「ぱぱ」

「……は？」

その時、俺たち四人の間の抜けた声が重なった。

——ご存じの通り、赤ん坊の成長とは実にめまぐるしいのである。

〇

ある晩のこと。

夜の森に一つ、不気味な影があった。

長身痩躯にして、その恐ろしいほどに長い黒髪は地面に引きずるほど。

見るだけで心を惑わされる妖しげな美貌は、彼が人外の者であることの、何よりの証左であった。

魔王軍四天王の一人——剣聖マグルディカルである。

「ふうむ、せっかく良い玩具を用意してやったのに、やっぱ使い手が三流じゃダメだね」

彼はふんとつまらなそうに鼻を鳴らして、腰の剣を抜く。

そして切っ先を地面に突き付けて。

「〝土よ〟」

彼の詠唱に従い、地面が割れて、それが露わとなる。

それは昨晩、シャロンが手厚く埋葬した、ルグルス・ヘルティアの遺体である。

マグルディカルは、にたりと口元を歪めた。

「——馬鹿な奴だよ、ホント。勇者の遺体なんて焼くか刻むかすれば良かったのに」

そう、彼がわざわざこのような辺境の森に出向いた理由とは、ルグルス・ヘルティアの遺体を回収することだったのだ。

「リサイクル、リサイクルさ。次はもっと有能な死霊術師《ネクロマンサー》をけしかけてみようか、それとも……。

ふふ、楽しみだな」

くつくつと笑いながら、マグルディカルはしゃがみこむ。

その瞳に宿る、濁った輝きの源は——執念。

「絶対に許さない、許さないともさガガルジ。お前は必ず殺すよ、剣聖マグルディカルの名に懸けて……」

整った顔立ちを醜く歪めながら、マグルディカルはルグルスの死体へ手を伸ばし——ふと、あるものを発見した。

「……おや？」

ルグルスの死体、その傍らに、何やら折りたたんだ紙切れのようなものが添えられている。

「手紙……？　ふん、勇者の娘ともあろうものが、ずいぶんとセンチメンタルじゃないか、どれ」

それもまた一興だ、と言わんばかりにマグルディカルは紙きれを拾い上げ、これを開いて、目を通す。

そこには一体どれだけお涙頂戴な文言が綴《つづ》られてているのやら——。

さて、手紙にはこうあった。

——森林浴のお好きな我が親友に捧ぐ。
・・・・
——神に誓ってお前を殺す。

——地べたに顔をうずめて、叫びまくってろ。

「なんだこれ……？」

マグルディカルがその奇怪な手紙の内容に首を傾げた、その刹那。

遺体の腹を食い破って一匹の蟻が飛び出し、マグルディカルへと襲い掛かった。

「なっ——!?」

マグルディカルは咄嗟に身を守ろうとするが、もう遅い。

蟻は素早くマグルディカルの腹部に取り付き、服を、次に皮膚を、そして肉を食い破りながら体内へと穿孔《せんこう》する。

蟻の名はヤタイクズシ。

勇者ルグルス・ヘルティアを討った後、今の今まで冬眠させられていたため、ひどく腹を空かせている、きわめて獰猛《どうもう》な肉食蟻だ。

「う、ぐっ……!? く、クソがぁっ!! 恥知らずの! 浅ましい虫風情が……僕の……!! 僕の中にぃ……っ!!」

ヤタイクズシは一直線に食い進む。

マグルディカルの肉を、内臓を、大好物の心臓めがけて――。

「この、卑怯者があああああああああああああああああっ!!!」

夜の森に、マグルディカルの悲痛な叫びが虚《むな》しく響き渡った。

ぎゃるでぃあ
ほいくえん

番外編「ぎるてぃあ保育園」

「ルード君？　どうしてマグルディカル君の耳に虫を詰めたりしたんだい？」

「彼の魂がけがれていたからです」

「うん、友達のことそういう風に言っちゃ駄目だね」

　聖人のごとく温かな微笑を浮かべたサマト保育士がこくりと頷いて言う。

　その場にしゃがみこんで、ルード君と目線の高さを合わせながら、笑顔を一切崩さない姿勢はまさしく保育士の鑑《かがみ》であるのだが、よく見ると爪が食い込むほどに拳を握りしめている。

　彼は問題行動ばかり起こすルードが嫌いであったが、そこはプロなので必死に堪えていた。

　彼は謹厳な保育士である。

「ルード君はもう年長さんだから分かるよね？　第一問、自分がされて嫌なことは、なんだっけ？」

「徹底的にやる」

「うん、戦場だったら正解かもしれないね。君はマグルディカル君をどうするつもりなのかな？」

「ぶちまける」

「何をぶちまけるつもりなのか知らないけど物騒極まりないね」

　ぎぎぎ、とさらにサマト保育士の爪が手のひらへ食い込む。

　本当は今すぐにでも叫び出したいところであったが、やはりプロである。

「とにかくマグルディカル君とは仲直りをしないといけないね。ほらマグルディカル君、こっちに来て」

「ひっぐ、うっぐ……！」

そう言ってサマト保育士は、背後でぐずるマグルディカル君（年中組）を呼び寄せた。

泣きじゃくる彼の頭の上には、髪色と同化していて分かりづらいが、無数の蟻がたかっている。

その蟻の名は――クロアリ。

要するにどこにでもいる、ごく一般的なただの蟻である。

ルード君の手により、ショウリョウバッタを耳の穴にねじ込まれたマグルディカル君であったが、駆け付けた先生たちは飛蝗に気を取られるあまり、誰一人として気付いていなかった。

マグルディカル君が、ひそかにお昼のおやつに出た野菜ジュースを頭から浴びせかけられており、その長髪から甘い匂いを漂わせていることに。

ルード君は園内で最も容赦がない園児として、周囲の児童や保育士から恐れられていた。

「ほら、ルード君、マグルディカル君泣いちゃってるよ？　こういう時はなんて言うのかな？」

「枕に顔をうずめて叫びまくってろ」

「追い打ちはかけちゃ駄目だよね、ごめんなさいだよね」

「しかし……！」

ルード君は何か言いかけて、途中で思い直したかのように、きゅっと口を真一文字に結ぶ。

それからぷるぷると肩を震わせながら……、

「……ごめんなさい」

蚊の羽音のように小さな声で、ぼそりと呟いた。

サマト保育士は、ほっと胸を撫でおろす。

「はい、よくできました。マグルディカル君も許してあげようね……」

「――このつらよごし！」

サマト保育士が安心したのも束の間、逆上したマグルディカル君が懐に隠し持っていた長剣（新聞紙を丸めたもの）で、ルード君に斬り掛かったではないか。

だが、ただやられるだけのルード君ではない。

むしろ彼はこれを待っていたと言わんばかりに、あっという間にマグルディカル君を組み伏せて、これまた懐に隠し持っていた鍬形を彼の眼前に突き付けたのだ。

「上等だ！　鼻鍬形の刑に処す！　これはバラエティ番組で使われるような貧弱なものではない！60㎜オーバーの国産ヒラタクワガタだ！　貴様の無駄に高い鼻など一息にもぎ取れる！」

「やだあああぁ!!　たすけてサマトせんせえええぇ!!」

「無様にも助けを乞うのか！　園児の誇りはどうした！」

「いい加減にしろよ、このクソガキども……」

甘いマスクの聖人、サマト保育士もいよいよ限界であった。

○

「……ということがありました」

「あらまあ……」

帰りの時間、ルード君を迎えに来たクロエ母さんは、サマト保育士から事のあらましを聞くと、少しだけ困ったような顔を作った。

そのあまりにも呑気な反応に、サマト保育士は苛立《いらだ》ちを露わにする。

「あのですね、他の園児の耳に飛蝗を詰めたり、鼻を鍬形に挟ませたりするお子さんなんて前代未聞ですよ。それに今日に限らずルード君は問題行動が目立ちます。特にマグルディカル君に対して……。お母さんからもきっちり言ってもらえますかね？」

「そうですねえ……」

クロエ母さんが、ちらとルード君を見やる。

ルード君は頭に大きなたんこぶを作りながらも、泣きじゃくったりはせず、どこか申し訳なさそうに頭を垂れている。

クロエ母さんはそんな彼を見ると、一つ頷いて、

「ええ、分かりました、ちゃんと言って聞かせます」

「本当ですか？　絶対ですよ？　これ以上問題を起こしたら――！」

「――こらこらサマト先生、分かったと言っておるのじゃから、それ以上言わずともよかろうが」

サマト保育士の言葉を遮る声――ギルティア園長だ。

見た目女子小学生にしか見えない園長は、口調だけは威厳たっぷりにサマト保育士を諫《いさ》める。

彼女の年齢に関しては、ぎるてぃあ保育園最大の謎の一つとされている。

「園長……！　しかし……」

「しかしも何もない。ルード君は賢いから、もうやって良いことと良くないことの区別ぐらい、きちんとついておるじゃろう？」

「……」

「ついておるじゃろう？」

「……はい」

「ならば良し、ナッツでも食うか？」

「……もうすぐ夕飯の時間なので、結構です」

「ほら、可愛げのないぐらい賢い子じゃ」

ギルティア園長はわっはっは、と豪快に笑いながら、懐から取り出したカシューナッツをコリコリと噛み砕いた。

サマト保育士は、どこか面白くなさそうにこれを眺めている。

「さあさ美味しい夕飯が待っておるのじゃろ、気を付けて帰るがよい」

○

「さあ帰りましょうルード」

夕焼けに頬を染めたクロエ母さんが、ルード君へ語り掛ける。

彼を責め立てるような空気は、微塵も感じられない。それは純粋に息子を慈しむ母親の声音である。

さて、それまで沈黙を貫いていたルード君であったが、こうなってはもう限界であった。

「……怒らないのですか」

「なあに？」

「僕を、怒らないのですか……」

今にも消え入りそうな声で、ルード君は言った。

クロエ母さんが答える。

「園長先生も言ってたでしょ？　私のルードはわけもなく友達の耳に飛蝗をねじ込んだり、鼻を鍬形に挟ませたりするような子じゃありません」

「……恐縮です」

「またそんな難しい言葉使って。むしろもうちょっとぐらい子どもらしくしてもいいのに」

そう言って彼女が苦笑した、そんな時だった。

「おおい、クロエー！　ルードー！」

遠くから二人の名前を呼び掛けながら満面の笑みでぶんぶんと手を振る、ツナギ姿の男性が目に入った。

クロエ母さんの夫、ルード君の父、電気工のグルカス父さんである。

「あらパパ、今日はどうしたの？」

「思ったより早く現場上がれてな！　せっかくだから車で迎えに来たんだよ！　おお、よしよしルード！　会いたかったぞう！」

グルカス父さんは、有無を言わさずルード君に抱き付いた。

ツナギから立ち上る汗の臭いと、伸ばし放題の無精髭が頬を削るじゃりじゃりとした感触に、ルード君は露骨に顔をしかめる。

「いたい、くさい」

「恥ずかしがるなって！」

タワシじみた髭がルード君の柔肌へ食い込む。

ルード君はその小さな眉間にありったけのシワを寄せると、「ふん！」とグルカスの右足を踏みつけた。だが――、

「ははは！　残念だったなルード！　安全靴履いてるから効きませ〰〰ん……」

「ふん！」

「いっっっだァ！？！？」

最強園児の二つ名は伊達ではない。ルード君は子どもにあるまじき判断力で、すかさずグルカスの左脛《すね》を蹴りつけたのだ。

グルカスはその場にうずくまり「うううぅ……」と呻き声をあげる。

いい歳をして泣いていた。

当のルード君はつんとすまして、父親の醜態など知らぬ存ぜぬといった顔である。

「こらルード、駄目じゃない」

「ごめんなさい」

「分かったらいいのよ。さあ帰りましょ」

「い、いつも思ってたけどクロエはルードに甘すぎる……」

涙目でぶうたれるグルカスと並ぶと、一体どちらが子どもなのか分からない。

そんなこんなで、親子揃って帰路に就こうとしたところ……。

「る、ルード！」

今度は背後から彼を呼ぶ声。振り返ってみれば、そこには一人の女児の姿があった。

年長組のミュゼル嬢だ。

「あら、ミュゼルちゃんこんばんは」

クロエ母さんがすぐに柔和な笑みを作って会釈をするが、しかしミュゼル嬢はこれに気付かなかったように、脇目もふらずにルード君の許へと歩み寄った。

「ごめんなさい！　私のせいで、ルードがマグルディカル君とけんかを……！」

「い、いや、ミュゼル、俺は……！」

「へえ……？」

たじろぐルード君に、何かを察したようににまりと口元を緩めるクロエ。

「あたし、ほんとうに……その、ごめんなさい……！」

そしてとうとうミュゼル嬢が泣き出してしまい、収拾がつかなくなってしまう。

そんな様子を眺めていたグルカスは、ここぞとばかりにいやらしく口元を歪めた。

「おやおやルードさん、若干五歳にして、もう女の子を泣かせてらっしゃるんですかぁ？」

「ち、ちがっ……！」

「――ふふ、わざわざお礼を言いに来てくれたのね、ミュゼルちゃん。偉い偉い」

男二人は放っておいて、クロエ母さんが泣きじゃくるミュゼル嬢の頭を優しく撫でた。

さすがは母親である。ミュゼル嬢はたちまち落ち着きを取り戻して、そのうるんだ瞳でクロエ母さんを見上げた。

「クロエおばさま……」

「心配しなくてもルードなら大丈夫よ。誰もルードを怒ったりなんかしてない」

「でも、たんこぶが……」

「ルードは強いからすぐに治るわ。だから大丈夫。それよりもまたルードと遊んでちょうだい」

「あそぶ……？」

「そう、ルードったら人見知りで、ミュゼルちゃんぐらいしか友達がいないのよ。だから、ね？」

「……わ、わかりましたわおばさま！　これからもルードといっぱいあそびます！」

「ふふ、ミュゼルちゃんは本当にいい子ね。じゃあまた明日、さようなら」

「さようなら！」

「ほら、ルードも」

「……さようなら」

こうして、ミュゼル嬢を見送ったグルカス親子は再び帰路を歩き出した。

道すがら、おもむろにクロエ母さんが言った。

「ほらね、ルードはやっぱりわけもなく喧嘩《けんか》する子じゃないじゃない」

「そうだなぁ、ルードはいい男だなぁ、くくくくく」

「……屈辱だ」

ルード君の顔面は耳の先にいたるまで、夕陽よりも紅《あか》く染まっていた。

○

翌日、よく晴れた昼下がり、園の自由時間中のこと。

「――か、かえして！　あたしのおにんぎょう！」

懇願するミュゼル嬢を前にして、マグルディカル君はお人形を高く掲げ、嘲笑う。

「やだね！　これはぼくがはじめに目をつけていたんだ！」

「あたしがさきにあそんでたのに！」

「かんけいないさ！　このぼくがほしがってるんだからね！」

マグルディカル君は、園児にしては高い身長でもって、ミュゼル嬢の手の届かない高さに人形をかざす。

ミュゼル嬢は必死でこれを取り返そうと、跳んだりはねたりと四苦八苦しているが、毎度あと少しのところでマグルディカル君にかわされてしまう。

言うまでもなく彼は、今その手に握りしめている女児向けの人形で遊ぶような子どもではない。

純粋に、これを取り返そうとするミュゼルをからかって楽しんでいるだけだ。昨日と同じく。

「かえして……！　かえしてよう……！」

「あはは！　ねんちょうのくせになくのかい⁉」

涙ぐむミュゼル嬢、嘲笑うマグルディカル君。

マグルディカル君はその横暴さゆえ、他の園児たちから恐れられており、ミュゼル嬢を助けに入る者は誰もいない。

――ただ一人、彼を除いては。

「そのへんにしておけ」

マグルディカル君の肩に手が置かれた。

勇敢なる園児、ルード君の登場である。

「ルード！」

「……理解に苦しむ。お前は何故、このように稚拙な行為を繰り返すのか？」

「ち、ちせ……？　ふんっ！　とにかくまたきたねルード！」

マグルディカル君は敵意を剥き出しに跳びずさり、ルード君を睨みつける。

一方ルード君は――落ち着いたものだ。いつも通りの仏頂面で、どこか冷めた眼差しをマグルディカル君に向けている。

「な、なんだよその目！　なにか言いたいことがあるなら言えばいいじゃないか！」

「……いや、本当に不思議なんだ。どうしてこんな意味のないことを飽きずに毎日……。お前はまさか、ミュゼルが好きなのか？」

「すっ……!?」

マグルディカル君は途端に顔を真っ赤にする。

「そ、そそそそんなわけあるか！　おまえこそ！　いっつもミュゼルをたすけて、すきなんじゃないのか!?」

「えっ……！」

ミュゼル嬢がどこか期待のこもった視線をルード君に投げかけるが――、

「別に、お前のことがすこぶる嫌いなだけだ」

ある意味予想通りの展開に、ミュゼル嬢は人知れず嘆息した。

「ふふん！　よゆうぶってられるのも今のうちさ！　またおかあさんをよばれたいのかい!?」

「ぐっ……」

ルードはあからさまにたじろいだ。

正面から戦えば、最強園児ことルード君がマグルディカル君に負けることなどあり得ない。

しかし、それゆえにルード君には最強園児としての誇りがあった。たとえ喧嘩で負けようとも、決して無様ったらしく泣きわめいて助けを乞うたりはしないという誓約を自らに課していたのだ。

だがマグルディカル君にはそれがない。普段は大人ぶっているくせに、自らが劣勢と見るや、途端に子どものように泣きわめいて、大人を呼びつける。

こうなれば口下手なルード君が先生に怒られ、とばっちりでクロエ母さんまで説教を食らってしまう。昨日の一件もあって、その脅しはルード君に絶大な効果を発揮した。

「卑怯だぞマグルディカル……！」

「おまえがいうな、むしやろー！　……だけど、ふふ、きのうのくつじょくはきっちりとはらさせてもらう！　かしこいぼくはすけっとをよういしたのさ！」

「助っ人、だと……？」

マグルディカル君は不敵に笑い、そして「ぴぃいっ！」と口笛を鳴らした。

するとどうだ。これを合図に、園の敷地を囲む柵を颯爽《さっそう》と跳び越え、こちらに走り寄ってくる者の姿がある。

誰もが彼女に注目し、呆気に取られていた。

長い銀髪をなびかせ、その手に竹刀を携えた制服姿の少女。

彼女はその手に持ったコッペパンを一かじりし、そして威風堂々、名乗りをあげた。

「――私立恵流府《えるふ》高校三年、シャロン・ヘルティア。馳《は》せ参じた」

「なっ!?」

ちなみにこの「なっ」は、ルード君含め遠巻きに眺めていた園児一同の声が重なったものである。

間もなくして、園児一同によるマグルディカル君へのブーイングが巻き起こった。

「き、きたない！　きたないよマグルディカルくん！」

「こーこーせーよんだの!?　こどものけんかに!?」

「えんじのつらよごし！」

「はっはっは！　なんとでもいえばいいさ！　かてばいいんだから！」

「ウチの園のセキュリティはどうなっているのだ……」

ルード君が呆れ半分に呟いたが、どうやらすでに勝ち誇った様子のマグルディカル君には聞こえていない様子であった。

一方でシャロンは実に呑気なことにコッペパンをかじりながら、足元の園児たちを眺めて恍惚《こうこつ》とした表情を晒している。

「可愛い……ここは天国か？　しかし可愛すぎるのも不安だ。最近物騒だからな。こんなにも可愛い子どもたちが不審者に襲われたりしないか、お姉さんは心配だ」

今まさに園内に不審者が立ち入っていることには、どうやら気付いていないらしかった。

「そのおねーさんはきのう、きんじょのこうえんでぶったおれてたところをえづけしたんだ！　ぼくのいうことならなんでもきくぞ！」

「恩は返すとも、ヘルティアの誇りに懸けて」

園児に餌付けをされている時点で誇りも何もないのではないか、とは誰も指摘できなかった。

しかしこんなふざけた女でも、武器を持った女子高生である。

最強とはいえ、園児であるルード君にとってこの状況は絶望的であった。

「くっ……下がっていろミュゼル！」

「る、ルード君⁉　ダメよ！　あいてはこーこーせーよ⁉　かてっこないわ！」

「たとえそうだとしても立ち向かわねばならん！　あんな卑劣漢相手に退いたという事実は、自らの誇りを汚すことになる！」

「──ほう。君は園児だというのに、なかなか見どころがあるな」

シャロンがずいと顔を寄せてくる。

体格差は、実力の差を如実に表わす。向こうはただこちらを覗き込んでいるだけなのに、絶望感がルードの心に影を落とす。

しかし──ルードには一つ、勝算があった。

それは、まさか武器まで持った女子高生が保育園児相手に本気は出さないだろうという、きわめて常識的な推測である。侮るはずだ、油断するはずだ、勝ちを譲るはずだ。

だからこそルードは吼える。

「──来い！」

刹那、バシィィン、と小気味の良い音が園内に響き渡った。

誰もが言葉を失っていた。誰もが目を剥いて、息をすることさえ忘れていた。

水を打ったような静寂の中、シャロンは残心──そして、

「向かってくる者には敬意を払う。たとえ相手が保育園児でも、だ……。まぁそれなりに常識的な

範疇に加減はしたが」

あろうことかシャロン・ヘルティア。

彼女は保育園児相手に面を決めたのだ――!

「ほ……ほんとにやったあああああ!?!?」

確信にも似た期待をただの一撃で打ち砕かれた園児たちは、一転してパニックに陥る。まごうこご《・》う《・》こ《・》となき頭のおかしな不審者の登場に、泣き出す子どもまでいる始末だ。

心なしか、彼女を呼びつけた本人であるはずのマグルディカル君まで引き気味である。

そしてこれだけの騒ぎとなれば、当然……。

「はいはい、皆さんどうしたんで……うわっ!? 不審者!?」

駆け付けたサマト保育士が、謎の女子高生の姿を認めて野太い悲鳴をあげる。

「まずい!」

さすがに分が悪いと見たのか、コッペパンを頬張り、脱兎のごとく逃げ出すシャロン。

「待ちやがれこの不心得者《ふこころえもの》!」

そしてこれを鬼の形相で追いかけるエプロン姿のサマト保育士。

園内はこの珍事に際して一時騒然となる。

そんな中、ルード君は無言のままに立ち尽くしていた。

「る、ルード! だいじょうぶなの!? ね、ねぇルード……!」

慌てて彼に駆け寄ったミュゼル嬢であったが、ルード君の顔を見るなり、彼女は次の言葉を失ってしまった。

ルード君が今までに見たことのないような表情で、身体を小刻みに震わせながら、必死に何かを堪えていたからだ。

「……っ」

ルード君の中には言いようのない様々な感情が渦巻いていたが、それをあえて一言で言い表すならば――屈辱。ルード君は打たれた痛みさえどうでもよくなるほどの屈辱に、身を震わせていた。

あれだけの啖呵《たんか》を切っておきながら、心中ではきっと相手が手を抜いてくれるだろうと期待していた自らの甘さに対して。

挙句に手も足も出ず、無様に負けておきながら、逆に助けに入ったはずのミュゼル嬢から憐れみを受けたことに対して。

そして何より、ミュゼル嬢のために人形を取り返せなかったことに対して――！

この有様の何が最強園児か！　何が誇りか！

「……すまなかったミュゼル、もう大丈夫だ」

「だ、だめよ！　サマトせんせいにいったほうが……！」

「いや、もう大丈夫だ、決心がついた」

「け、けっしん……？」

ミュゼル嬢が不安げに眉根をひそめる。

一方ルード君はその瞳に炎を灯していた。決意の炎だ。

「――もう手段は選ばん、明日の自由時間にケリをつける。マグルディカルとシャロン・ヘルティアを倒して、人形を取り戻す」

ルード君の瞳の中の炎はより一層強く燃え盛った。

〇

最強園児ルード君が屈辱の敗戦を喫した日から一夜明けた。

「かえして、あたしのおにんぎょう！」

「ふふふ、やだね、これはきょうもぼくがめをつけたんだ！」

今日も今日とて自由時間にはマグルディカル君はミュゼル嬢から取り上げた人形を振りかざして、陰湿な遊びに耽《ふけ》っていた。最強園児ルード君を打ち負かしたこともあり、すっかり調子づいている。

遠巻きにこれを見つめる園児たちは、怯えて近付こうともしない。

再びあの頭のおかしい竹刀女を呼ばれては敵わないからだ。

哀れ、ミュゼル嬢はこの自由時間中マグルディカル君にからかわれ続けるしかないのか――。

誰もがそう思って絶望しかけた時、彼は現れた。

言わずと知れた最強園児――ルード君である。

「ルード!?」

「ふふふ、こりずにまたきたのかい！　ルード！」

「……」

ルード君は無言のまま、ゆっくりとマグルディィカル君の許へと歩み寄ってくる。

「はっはっは！　なにをしようがむださ！　ぼくにはすけっとがいるんだ！」

「やめてルード！　またあのおねーさんをよばれるわ！」

勝ち誇るマグルディィカル君に、彼の身を案ずるミュゼル嬢。

そんなものは意にも介さず、ルード君は着実に歩みを進め、そして――ミュゼル嬢にあるものを差し出した。

「あんなのは相手にするな。代わりにこれをくれてやる」

「え……？」

ルード君が差し出したのは、一体のフランス人形である。

ミュゼル嬢は目をぱちくりとさせた。

「これは……？」

「偶然手に入れたものだ。俺はこんな人形興味もないから、くれてやる」

そう言って、ルード君はミュゼルにこれを押し付けた。

薄汚れたフランス人形である。

長い間野晒しにでもされていたのか、ところどころ日焼けして色褪《あ》せており、髪はばさばさ。

呪いの人形と呼ばれても不思議はないような、そんな不気味ないでたちである。

マグルディィカル君はたまらず噴き出した。

「はははは！　なんだいそのうすぎたないにんぎょうは！　そんなもの……！」

「――うれしいわ！」

だが、マグルディカル君の嘲笑は、ミュゼル嬢によって遮られる。

マグルディカル君が驚いて彼女の表情を窺うと、確かに彼女は目をきらきらと輝かせて、本当に嬉しそうに、その人形を見つめていた。

「これをあたしに⁉　ああ、うれしいわルード！」

「しょ、しょうきかいミュゼル⁉　そんなきたないにんぎょう……」

「あらしつれいしちゃう！　ルードがくれたものならなんだってうれしいわ！」

マグルディカル君はぐっと表情を歪める。

一方ミュゼル嬢はそんなもの気にした様子もなく、このフランス人形を見つめていた。

「ああ、まずはおぐしをととのえないとね！　それからからだをきれいにして……。ほんとうにもらっていいのかしら⁉」

「もちろんだとも」

そう言って、ルード君はちらとマグルディカル君を一瞥した。

その時の彼は、べつだんマグルディカル君に対して嘲りの感情があるわけではなかったが、少なくともマグルディカル君にとってはそう感じられた。

そしてそれが、マグルディカル君の逆鱗に触れる。

「――ああ！　きがかわった！　ぼくはそこのにんぎょうにめをつけたぞ！　よこせルード！」

「なっ⁉」

ちなみにこの「なっ」はルード君を除く園児一同の驚愕の声である。

ルード君本人は、どこか冷めた顔だ。

「あんまりだよマグルディカルくん！」

「それはルードくんのもってきたおにんぎょうじゃない！」

「えんじのつらよごし！」

「う、うるさい！　なんとでもいうがいいさ！　とにかくぼくは、それがほしいんだ！」

「……そう言われて、素直に渡すと思うか？」

ルード君が問い返すと、マグルディカル君はにたりと口元を歪めた。

「かんけいない！　ちからづくでうばうだけさ！」

そして彼は例によって「ぴぃいっ！」と口笛を吹き鳴らす。

間髪入れず、園の柵を跳び越え、駆け寄ってくる制服姿の女性。

「お呼びとあらば即参上。私立恵流府高校三年、シャロン・ヘルティアだ」

「またでたあああっ！」

コッペパンを咥《くわ》えた悪魔の登場に、園児たちは大パニックに陥った。

しかし、この騒ぎを聞きつけてサマト保育士が駆け付けてくる気配はない。

「ははは！　またサマトせんせいにたすけてもらうつもりなら、むださ！」

「……何か手を回したな」

「ぬかりはない！　ぼくのやとった〝ぎゅーにゅーぶちまけぶたい〟がせんせいをあしどめしてるのさ！」

「彼が何をしたというのだ……」

ルード君は、園内のどこかで泣きながら臭い雑巾を絞るサマト保育士の姿を思い浮かべて、少しだけ哀れに感じた。

だが、確かにこの状況は彼にとって絶望的である。

「やれシャロン、ルードからあのこぎたないにんぎょうをうばいとるんだ！」

「すまないな少年。一応悪いとは思っているのだが、食べ物の恩は返さなければならない」

シャロンがにじり寄ってくる。

やはり体格の差は覆しようがない。倍近くも違う身長に見下ろされれば、少なからずルード君もたじろいでしまう。だが、退くわけにはいかなかった。

「る、るーど！　だめよ！　にげましょう！　じょしこーせーあいてにかてるわけがないわ！」

見るに見かねてミュゼル嬢が止めに入る。

しかしルード君は不敵に笑った。

「ああ、そうだな。ならゲームをしよう」

「ゲームだと」

ルード君はおもむろに、懐から取り出したあるものを眉をひそめるシャロンの足元へ放り投げた。

それは、新聞紙を丸めて筒状にした刀である。

「これは……」

「チャンバラで決着をつけよう。それともお前は丸腰の園児を竹刀で打ち据える方が好きか？」

そう言って、ルード君は自らもまた丸めた新聞紙の刀を構えた。

「ふむ……」

シャロンは竹刀を地面に置き、代わりに拾い上げた新聞紙の刀を構えた。

「ルールは？」

「シンプルに一本先取。相手の脳天に一撃入れた方の勝ちだ」

「なるほど分かりやすい」

ここで、マグルディカル君がいよいよ堪え切れないといった風に、ぷっと噴き出した。

「あっはっは！　ばかだなルード！　たとえあそびでも、かてるわけないじゃないか！　こっちはこーこーせーなんだぞ!?　だいいち……おまえのしんちょうでどうやってのうてんにいちげきいれるんだ!?」

「能書きはいい、受けるかどうかを聞いているんだ。お前らが勝ったらこの人形を渡す。しかし俺が勝ったらその人形をミュゼルに返せ」

「ははは！　いいとも！　うけるとも！　せいぜいがんばれよ！」

「……お姉さんは？」

「私は彼の助っ人だからな、彼が受けると言えば当然受けるとも。ルールも承知した。――いつでも来い」

そう言って、シャロンは構えを取る。

普段から竹刀を持ち歩いているだけあり、丸めた新聞紙でも様になっている。

だが、何はともあれ彼女はこの勝負を了承したのだ。してしまったのだ。

だからこそルード君は笑った。

「何故笑う？　私は子どもだからといって手加減をするつもりはないぞ？」

シャロンは純粋に不思議そうに問いかける。

すると、ルード君はいっそ邪悪に笑いながら言った。

「――いや、もし俺があなたの立場なら、この真剣勝負に、敵からもらった武器で挑んだりはしないだろうな、とそう思っただけだ」

「何……？」

シャロンがその言葉の意味を理解するよりも早く、それは起きた。

かさり、と新聞紙を握る手に妙な感触。シャロンはふと手元へ目をやって――目撃する。

「……」

丸めた新聞紙の先から顔を出し、彼女の手に取り付いた一匹の虫がある。

朱色の頭に、黒光りする身体、そして側面から伸びる数え切れないほどの黄色い脚。

虫の名は――トビズムカデ。国内最大級の大百足であり、その牙には毒を持つ。

「ひっ」

短い悲鳴。

これを皮切りに、シャロンの凍り付いた思考が氷解し始め、そして――、

「つぎゃあああああああああっ！？！？」

絶叫である。

正常な判断能力など、一息に消し飛んでしまった。

シャロンは滅茶苦茶に新聞紙を振り回し、なんとかこの百足を振り払おうとする。

隙だらけであった。

「お、おいシャロン！　うえだ！」

そんな彼女に僅かばかりの正気を取り戻させたのは、マグルディカル君の声であった。

シャロンは咄嗟に頭上を見やる。そこには近くにあったシーソーで高く跳躍し、新聞紙の刀を縦一閃に振り下ろすルード君の姿が――！

「あっ、ぶないっ!?」

勝負は決したと思われたが――シャロン・ヘルティア、彼女は剣道部で鍛えた驚異的反射神経によって、間一髪これを躱す。

ルード君は舌打ちをした。

「ちっ……！　そう簡単にはいかせてくれないか！　ならば第二陣！　構え！」

ルード君が号令をかけた次の瞬間。

・・・辺りを取り囲む園児たちの半分、総勢二十名の男児が、突如示し合わせたように隠し持っていた水鉄砲を構え、シャロンに照準を合わせたのだ。

「か、囲まれている⁉」

シャロンが驚愕を露わにしたが、時すでに遅し。

「放て！」

ルード君の号令により、男児たちによる集中放水が四方八方からシャロンへと襲い掛かる。

さすがのシャロンといえどこれを躱すことなどできやしない。

水鉄砲の水はシャロンの制服を、髪の毛を、そして新聞紙の刀を濡らす。

それこそがルード君の狙いであった。

「わ、私の武器が……⁉」

濡れた新聞紙はルード君の狙い通りにへたり、もはや使い物にならない。

シャロン今や完全に攻撃の手段を失ってしまった。

「――よくやってくれたな男児諸君！　約束通り、のちに俺秘蔵のカブトムシを進呈しよう！」

「わーい！」

「やったー！」

「ルードくんのカブトムシ、おっきくてかっこいいんだよねー」

「なっ……！　ルードおまえ！　みんなをばいしゅーしたのか⁉」

ルード君が驚愕するマグルディカル君を見返す。

その表情には、今度こそ彼を嘲る笑みが貼り付いていた。

「勝てば官軍……などと言っても分からんか。どっちにせよ、お前にカブトムシはやらん」

「ひきょーもの!!」

マグルディカル君が罵倒の言葉を吐きかけるが、ルードはいっそう彼を嘲るように口角を吊り上げるだけだ。

そして、今度こそ無防備になったシャロンの脳天へ一撃くれるべく走り出す。

シャロンは、濡れて使い物にならなくなった新聞紙を投げ捨て、改めてルード君と対峙《たいじ》する。

「ふん！　得物を失おうが関係ない！　君が疲れ果てて動けなくなるまで、高校生の体力でもって全力で逃げ回るのみ！」

「おとなげない！」

園児たちからは当然ブーイングの嵐だが、シャロンがこれを意に介した様子はない。本気で、ルード君が疲れ果てるまで攻撃を躱し続けるつもりなのだ。

実際、シャロンとルード君の身長は倍近く違う。彼女が本気で逃げに徹すれば、ルード君が脳天に一撃加えることなど不可能だ。

だが、それでもルード君は笑っていた。

彼の計画は今まさに完了したのだ。

「――おねーさん」

ふいに足元から聞こえてくる声に、シャロンは視線を落とした。

見れば、何やら一人の女児が、シャロンのスカートの裾を小さな手で掴んで、上目遣いに彼女を見上げているではないか。

ミュゼル嬢である。

「……」

ミュゼル嬢は、もじもじと身体をくねらせ、そして……、

「……だっこ」

「――たはぁ可愛すぎる！　抱っこ⁉　する！　するとも！　させてくれ！」

シャロンがその顔をだらしなく緩ませて、彼女を抱え上げようとしゃがんだ、その刹那。

パシィィン、と小気味の良い音が、園内に響き渡った。

「……あ」

ミュゼル嬢が見上げると、そこにはこちらを見下ろすルード君の姿。

彼の振り下ろした刀は、間違いなく、シャロンの脳天に叩き込まれていた。

「一本」

ルード君が一言、勝ち誇ったように言うと同時に、園児たちから割れんばかりの歓声があがる。

「やった――――！」

「ルードがこーこーせーにかった！」

「ルードぉ！」

感極まったミュゼル嬢が、未だ呆けるシャロンにそっぽを向いて、ルード君に抱き付く。

「だいせいこうよ！　でも、まさか、ほんとうにかつなんて！」

「ミュゼル嬢の迫真の演技のおかげですよ」

「ルードぉ！」

ミュゼル嬢がよりいっそう強くルード君を抱きしめる。

ルード君が少し困ったように苦笑を浮かべていると、そこへシャロンが歩み寄ってきた。彼女の表情は、どこか清々しい。

「……完敗だよ、ルード君……といったかな。まさか私が保育園児に負けるなんて……」

そして彼女はその場にしゃがみこんで、こちらと視線を同じくする。

「改めて敬意を表させてほしい、君と、君の知恵と勇気に。そして願わくば抱っこさせ……」

その瞬間、シャロンの言葉を遮って、どごっ！　と鈍い音が響き渡った。

シャロンの身体は、まるで糸が切れたようにぐらりと傾き、地面に沈む。

あまりにも衝撃的な光景に絶句する園児たちの視線の先には、一人の男の姿があった。

警察官の制服を身に纏った、筋骨隆々とした中年男性である。

「こんの馬鹿娘、高校にも行かずこんなところで……。誰に似たんだ、ったく」

男は赤くなった拳骨を開き、うなだれるシャロンを引きずる。

そして呆然とする園児たちに向かって、彼はどこかとぼけた風に敬礼をし、にかっと笑って、

「不審者はルグルス巡査部長が確保しましたよっと。善良なる園児の皆さん、ご協力ありがとう」

○

さて、この一連の騒動には続きがある。

「はぁ……はぁ、くそ、ルードのやつ……！」

シャロンの父親の登場などのどさくさに紛れて、あの場から一人抜け出した者の姿があった。

言わずもがな、マグルディカル君である。

彼の手の内には薄汚れたフランス人形がある。

「……くく、そうぜんぶはおもいどおりにいかないぞ……！　こんなきみのわるいにんぎょう、ぶっこわしてやるさ！」

マグルディカル君はにやりと邪悪に口元を吊り上げて、フランス人形を地べたに叩きつける。

彼に敗れたことはこの上ない屈辱であったが、しかしそうすることで幾分か気分が晴れやかになった。

次こそは、勝つ。次こそは自分が勝って、最強園児の二つ名は自分がいただく！

マグルディカル君はその瞳に野望の光を宿して、くくくと笑い……そこで足元に違和感。

「……え？」

見ると、いつの間にかフランス人形を中心として、足元が赤く染まっている。

何か近くに絵の具のようなものでもあったのかと、彼は訝しんだが――すぐに間違いに気が付く。

動いているのだ。

「まさか……！」

目を凝らして見てみれば、それはごく微細で、しかしおびただしい数の赤い蜘蛛《クモ》。

厳密には蜘蛛ではない、壁蝨《ダニ》の一種である。

正式名称は〝カベアナタカラダニ〟、四月下旬から五月下旬にかけて大発生し、主にコンクリートの壁などにひっついて、同じくコンクリートに付着した花粉などを食べる虫だ。

そのある種おぞましい光景を見る限り、さぞや大量に花粉が付着していたのだろう。

リサイクルショップの店先に、野晒し同然の状態で陳列されていた彼女には――。

「この、ひきょうものがああああああああああああああああああああっ！！！」

王座簒奪《さんだつ》、失敗。結局のところ全てルード君の手のひらの上だったのである。

マグルディカル君の悲痛な叫びが園内に響き渡り、間もなくして全身を真っ赤に染めながらべそをかくマグルディカル君が発見された。

○

「何かいいことでもあったの？　ルード」

夕焼けに頬を染めたクロエ母さんがルード君へ語り掛けた。

彼女と並んで帰路に就くルード君は、園児にあるまじき仏頂面でこれに答える。

「別に、いつもと変わりませんよ」

「そう？　じゃあ私の勘違いかしら」

うふふ、と意味ありげに笑うクロエ母さん。

全てお見通しと言わんばかりの母親の態度にルード君は少しばかり気恥ずかしさを感じたが、存外悪い気もしなかったので黙っていた。

そんな時である。

「ルード!」

背後から聞き慣れた声。振り返ってみれば、そこには一人の女児の姿がある。

言わずもがな、年長組のミュゼル嬢だ。

「あら、ミュゼルちゃんこんばんは」

「こんばんは! クロエおばさま!」

ミュゼル嬢は元気いっぱいに挨拶を返して、それからルード君へと駆け寄ってくる。

そして、

「ん!」

満面の笑みで、小指を突き出してきた。

ルード君がその意図が分からず困惑していると、ミュゼル嬢はさながら向日葵《ひまわり》のようにはにかんで――、

「ゆびきりげんまん! またあした、あそびましょう!」

「……なるほどな」

ルード君はいかにも仕方がない、といった風に自らの小指を彼女の小指に搦《から》めると、微笑みを浮かべ、言った。

「約束だ、また明日な」

夕焼けに照らされた彼女の頬は、ほんのりと朱色に染まっていた。

あとがき

初めましての方は初めまして、猿渡かざみと申します。さるわたりではございません、さわたりです。

初めましてでない方に関しましては——すでにご存じのことと思われますが、私の今までの作品は基本的にどこか諧謔的《かいぎゃくてき》な世界観のものが多かったりします。

なんというか物語の途中で登場人物たちが突然踊り出しても許されてしまうような（実際に踊り出す作品もある）、そんなどこか不真面目で、底抜けに明るい物語ばかり書いてきました。

その点で言うと本作『魔王軍四天王の面汚しと呼ばれた俺、今は女勇者のお兄ちゃん』（長い）は、そういった作品群とは若干テイストの異なった物語になっていると思われます。

結果、その反動から世にも奇妙な書き下ろしエピソードが生まれてしまい、本編自体が悪ふざけの前振りみたいになってしまったのは仕方のないことなのです。

閑話休題。

さて、改めまして『魔王軍四天王の面汚しと呼ばれた俺、今は女勇者のお兄ちゃん』（長い）、いかがでしたでしょうか？

主人公が〝虫使い〟という時点で「正気かよ」という感じですが、楽しんでいただけたようならなによりです。

ともあれ創作物において虫に与えられるイメージというのは往々にしてひどいものばかりです。虫使いとなればもっとでしょう。

いかにも陰湿で端的に気持ちが悪く、挙句卑怯な手段で主人公たちを陥れるも、最後はたいてい酷い負け方をする、そういう噛ませ犬的ポジションに置かれるのが常です。

でもこれって虫が悪いというよりは単純に使い手の性格がキモイのが問題なのではないでしょうか？　もしも確固たる信念を持ち、いかにも主人公然とした人間が虫使いならどうでしょうか？

……本作はそんなコンセプトから書かれています。

その結果、この『魔王軍四天王の面汚し（略）』がどのような物語として完成したか、主人公ガルジが一体どのような役割を担い、何を語り掛けてきているのか……。

そういった諸々《もろもろ》は読者の皆様の解釈にお任せすることとして、今回はこのあたりで締めくくりにしたいと思います。

ｗｅｂ版から応援してくださった読者の皆様方、こんな正気を疑うような作品にお誘いをかけてくださった編集のＩ氏、素晴らしいイラストで本作の世界観を表現してくださったＯＲＥＴＯ様。

そして今まさにこのあとがきを読んでくださっているあなたに、多大なる感謝を。

ご縁がありましたら、またお会いいたしましょう。

令和元年五月吉日　猿渡かざみ

BKブックス

魔王軍四天王の面汚しと呼ばれた俺、今は女勇者のお兄ちゃん

2019年7月20日　初版第一刷発行

著　者　猿渡《さわたり》かざみ

イラストレーター　ORETO《おれと》

発行人　大島雄司

発行所　株式会社ぶんか社
〒102-8405　東京都千代田区一番町29-6
TEL 03-3222-5125（編集部）
TEL 03-3222-5115（出版営業部）
www.bunkasha.co.jp

装　丁　AFTERGLOW

編　集　株式会社 パルプライド

印刷所　大日本印刷株式会社

ISBN978-4-8211-4521-8